Venise.net

Thierry Maugenest

Venise.net

1, place Paul Painlevé, 75005 Paris
www.lianalevi.fr

À Dominique

Desponsamus te mare in signum
veri perpetuique dominii

(Nous t'épousons, ô mer, en signe
de véritable et perpétuelle domination)

1

Avril 1564.

Jacopo Robusti a travaillé sur sa toile tout le jour et une grande partie de la nuit. Puis, accablé de fatigue, il s'est endormi, sans prendre la peine de se dévêtir, sur un fauteuil de son atelier. C'est la soudaine irruption du printemps dans sa demeure qui le réveille le lendemain matin. Un vent doux provenant de la lagune, qui a eu raison d'une fenêtre mal fermée, vient tout à coup lui rappeler qu'il existe, derrière les murs de sa maison, une autre vie, parfumée, pleine de soleil et du chant des hommes.

Il entrouvre les yeux, étire ses membres engourdis, se dirige vers la lumière, pose ses mains sur l'appui de la fenêtre et boit de tout son corps la saison nouvelle qui vient de prendre possession de la cité.

Son atelier, au nord du sestiere de Cannaregio, lui permet d'embrasser Venise du regard. Le jour se lève à peine. Des marchands qui ouvrent leurs échoppes se saluent, s'interpellent, se réjouissent de la douceur du vent. Comme lui, les Vénitiens se penchent aux fenêtres, paraissent sur les *altane* et les loggias. « Voilà l'effet du printemps, pense-t-il, les maisons elles-mêmes fleurissent de tous ces corps qui se terraient durant l'hiver. »

Il regarde plus loin encore. C'est la cité tout entière qui joue dans le soleil. Les marbres roses et les blancs d'Istrie se renvoient les premiers rais de l'aube. Il se plaît à noter l'élancement du campanile de Santa Maria dei Frari, à portée de voix de son atelier. Plus au sud, une grosse voix d'airain résonne déjà, faisant s'envoler un nuage d'oiseaux marins. « Voilà la Marangona, se dit-il, la cloche de Saint-Marc qui marque le début de la journée de travail. »

Il sourit. Il aime sa ville. Profondément. Il goûte jusqu'à ses odeurs de moisissure et cette moiteur que les cieux bas d'orage lui donnent parfois. Mais il sait qu'il ne peut rester ainsi à contempler la cité. Derrière lui, le Christ, la Vierge et saint Jean-Baptiste sont là qui l'attendent sur sa toile. Il se tourne vers eux, il les veille comme une mère ses enfants. Il aime la compagnie du sacré.

Il referme alors la fenêtre et se dirige vers son chevalet. Il prépare ses huiles, ses pigments, se saisit de son pinceau et regarde attentivement sa toile. Son visage se crispe peu à peu. Et voici qu'il se met à peindre, au pied des personnages divins, des visages pleins d'épouvante et des corps convulsés ; voici que sa main, par ce clair matin de printemps, crée le tumulte, la souffrance et les cris des hommes à l'heure du Jugement dernier. Au premier plan, des corps nus, emportés par des torrents d'eau et de boue, tentent vainement de résister au courant. Ils s'arc-boutent, font saillir leurs muscles, s'agrippent à des troncs d'arbres, à des rochers, à tout ce qui peut les retenir quelques instants encore à la vie. Mais tous leurs efforts sont inutiles, et déjà un émissaire de la mort, au visage effrayant, s'avance parmi ces hommes et ses femmes agonisants. Jacopo, voûté sur son œuvre, plonge ces corps, dont le dernier souffle de vie vient de s'échapper, dans une obscurité brunâtre, faiblement éclairée par quelques drapés bleutés ou grenat qui recouvrent la pâleur des chairs.

Il lui faut achever cette toile qu'il a promis de remettre le lendemain à l'église de la Madonna dell'Orto et rien ne doit plus l'éloigner de sa tâche. Pas même les coups frappés à sa porte qui lui annoncent un visiteur. «Je n'attends personne, se dit-il, si c'est important il reviendra.»

Et les coups, en soirée, se répètent. Seule sa toile compte, il ne répond toujours pas.

Il fait nuit à présent et la lune est déjà haute lorsqu'il se décide enfin à descendre en grommelant pour aller ouvrir sa porte qui résonne une nouvelle fois de coups sourds.

Un homme est là qui l'attend. Il fait sombre. Jacopo Robusti distingue mal les traits du visiteur. Il voit cependant que l'homme est très âgé. C'est du moins l'impression qu'il donne car son visage est caché par une longue barbe blanche tandis que son corps, enroulé dans une cape rouge, s'arrondit sur une canne.

– Suis-je bien en présence du signor Robusti, peintre de son état, et que l'on surnomme «il Tintoretto»? demande l'homme.

– Il s'agit bien de moi, répond Jacopo, mais qui êtes-vous donc pour venir chez moi à pareille heure?

– Mon nom n'a que très peu d'importance, je ne suis d'ailleurs qu'un messager. Je suis venu pour vous faire savoir que mon maître vous attendra demain soir au campo San Cassiano lorsque l'horloge de San Giacometto sonnera onze heures. Venez seul et surtout ne parlez à personne de cette rencontre.

À peine a-t-il achevé sa phrase que le vieil homme descend les quelques marches qui le séparent de la cour intérieure de la demeure du peintre et disparaît vers le rio dei Muti.

Jacopo, intrigué, s'apprête à refermer sa porte puis, se ravisant, il se lance à sa poursuite. Mais un épais brouillard, qui s'est tout d'abord élevé au-dessus des canaux, s'est rapidement répandu sur Venise ce soir-là, et le peintre, dont les yeux sont usés par une longue journée de travail, tarde à retrouver la trace du vieil homme. Comme celui-ci arrive à la hauteur du rio della Sensa, Jacopo aperçoit tout à coup la cape de son mystérieux visiteur. En un instant le peintre le rattrape, se dissimulant aisément à la faveur de la nuit.

L'inconnu, d'un pas étonnamment rapide pour son âge, suit ensuite le rio della Misericordia, parcourt quelques venelles, puis pénètre dans un palais immense par une petite porte qui donne sur le campo Santa Sofia. « Voilà sûrement la demeure de son maître », se dit alors Jacopo.

Ce n'est pas la première fois qu'il se trouve au pied de ce palais somptueux dont la façade, ornée de vermillon et de feuilles d'or, en fait sans doute l'un des plus richement décorés de Venise. Cependant, il ignore tout de son propriétaire, mis à part sa fortune considérable. « Quel est donc ce maître si riche et si secret ? », se demande le peintre en levant les yeux vers les arcs en ogive ciselés des fenêtres. « Et qu'attend-il de moi ? S'il s'agit de me commander une toile, pourquoi faire tant de mystères ? »

Las de s'interroger ainsi, Jacopo retourne chez lui, disposé à se rendre le lendemain au rendez-vous du campo San Cassiano.

De : Alessandro Baldi
À : W.Jeffers@st-able.usa
Objet : Demande d'assistance

Professeur Jeffers,

Mon nom est Alessandro Baldi, inspecteur de la brigade criminelle de Venise. Une enquête que je conduis actuellement m'a amené, pour des raisons que je vous exposerai sans doute plus loin, à m'intéresser de près à l'art de la Renaissance vénitienne. Je n'ignore pas que les travaux que vous avez publiés depuis plus de soixante années font de vous le plus grand spécialiste de la peinture italienne du XVIe siècle. Voilà pourquoi je m'adresse à vous aujourd'hui. L'aide que vous pourriez m'apporter me serait sans doute d'un grand secours.

Si vous acceptez de répondre à mes questions, vous devrez tenir notre correspondance secrète. Je ne vous cache pas que cette affaire est sensible et qu'elle réclame les plus grandes précautions. Pour ces raisons, je comprendrais aisément que vous ne souhaitiez pas collaborer avec moi et je respecterai votre décision, quelle qu'elle soit.

Merci de me répondre à cette adresse sécurisée : A.Baldi@questura-veneto.it

Inspecteur Alessandro Baldi

De : William Jeffers
À : A.Baldi@questura-veneto.it
Objet : Votre enquête

Inspecteur,

Votre message est bien mystérieux. J'apprends cependant avec plaisir que la police vénitienne s'intéresse à l'art pictural, même si je ne vois pas en quoi celui-ci peut vous aider à résoudre une enquête criminelle. Quoi qu'il en soit, vous avez aiguisé ma curiosité et je me ferai une joie de vous apporter mes modestes lumières depuis mon appartement new-yorkais. Par ailleurs, vous me dites que l'affaire est sensible. Je vous remercie de m'en informer mais vous savez sans doute que mon corps ne fait plus qu'un avec son fauteuil roulant et que, veuf, sans enfant, et m'approchant péniblement de l'âge de quatre-vingt-seize ans, je ne risque plus de perdre grand-chose de la vie en me penchant un peu trop sur une histoire de meurtre. Aussi sensible soit-elle.

Sachez par ailleurs que je n'enseigne plus l'histoire de l'art depuis vingt ans déjà, je ne fais plus ni conférences ni recherche et il y a fort longtemps que quelqu'un ne m'avait demandé mon aide ; votre message était donc tout ce qui me manquait pour redonner un peu d'intérêt à mon existence. Par conséquent, j'attends de vos nouvelles avec impatience.

A bientôt,

Professeur William Jeffers

2

À cette heure-ci de la nuit, le campo San Cassiano forme un grand îlot sombre entouré de canaux. En foulant les premiers pavés de la place, Jacopo Robusti lève les yeux vers l'horloge de San Giacomo di Rialto dont le cadran est légèrement éclairé. Il est près de onze heures. Son regard vagabonde alors sur les toits de la cité qui se détachent sur un ciel où luit faiblement un mince croissant de lune. Les arêtes vives des hauts campaniles contrastent avec la douce rondeur des dômes. Courbes et lignes droites, puis lignes droites et courbes; la main de Jacopo se met à dessiner ces lignes dans le vide. L'air frais du soir devient pour lui une toile géante. Son geste lui donne l'allure d'un chef d'orchestre dirigeant des musiciens invisibles. Mais le clocher qui sonne l'interrompt tout à coup.

Il est onze heures. Le regard du peintre se porte maintenant sur les ombres qui traversent la place obscure. Au dernier coup de cloche, le silence reprend ses droits, à peine troublé par le bruissement des capes et les conversations fugaces des hommes qui passent près de lui.

– Signor Robusti?

La voix semble surgir de l'ombre. À peine murmurée. Jacopo se retourne brusquement et se trouve face à un homme de très grande taille qui, sans prendre le temps de le saluer, lui saisit aussitôt le bras et l'invite à faire quelques pas. Les deux hommes s'engagent alors dans la calle del Campanile.

– Qui êtes-vous donc ? lui demande Jacopo.

– Signor Robusti, répond l'homme à voix basse, vous n'avez pas besoin de connaître de nom, sachez seulement que j'appartiens à l'archiconfrérie de San Rocco.

L'homme marche d'un pas vif. Sa voix grave est celle de quelqu'un qui a l'habitude d'être obéi. Son chapeau aux larges bords et sa cape qu'il remonte très haut ne laissent voir de son visage que deux yeux noirs et perçants. Après avoir gardé un court instant le silence, il reprend :

– Si nous avons demandé à vous rencontrer, signor Robusti, c'est tout d'abord parce que vous êtes peintre, mais aussi parce que vous êtes vénitien. Sachez que demain matin, notre Scuola va rendre publique sa décision d'organiser un grand concours, qui rassemblera les plus grands artistes du pays, pour passer commande de cinquante toiles destinées à la décoration de San Rocco. Vous n'ignorez pas que c'est là un travail considérable, qui demandera sûrement plus de dix années. Pour cela, la Scuola est prête à verser deux cents ducats d'or par an au peintre qui sera choisi.

L'homme ménage alors un long silence. Juste le temps nécessaire à Jacopo pour se rendre compte que c'est là ce qu'il a toujours souhaité. Lui, ce simple fils de teinturier, qui est devenu peintre à force de travail et de renoncements, lui qui rêve de sortir de l'ombre que portent sur lui les Titien et autres Michel-Ange, voit dans cet inconnu qui marche près de lui un ange, ou bien un démon, qu'importe, mais un être qui semble tenir son destin entre ses mains.

En arrivant à la hauteur du Grand Canal, l'homme s'arrête un instant. Il se retourne pour s'assurer ne pas avoir été suivi, suit du regard deux jeunes artisans qui s'engagent dans la calle dei Botteri, et lorsqu'il considère que les deux passants se sont suffisamment éloignés, il se saisit à nouveau du bras de Jacopo d'une main ferme et lui murmure :

– Vous êtes vénitien, comme nous, comme l'était votre père, et le père de son père aussi. Dans votre corps coule toujours le sang de ceux qui ont su faire surgir une ville de la mer et régner, il y a peu encore, sur l'Orient et l'Occident. Maître Tintoretto, vous avez, dès votre naissance, été baptisé avec l'eau de la lagune, en cela vous êtes des nôtres. La grande République de Venise doit rester aux Vénitiens. Les patriciens du palais des Doges conduisent notre cité à sa perte en ouvrant ses portes au monde entier. Regardez autour de vous, nos plus beaux palais sont tous décorés par ce grossier Giorgione de Castelfranco, ce Paolo Caliari de Vérone ou bien ce maudit Titien de Pieve qui n'a pas en lui une seule goutte de sang vénitien et qui règne pourtant ici en monarque de l'art. Mais soyez tranquille, signor Robusti, tout cela va bientôt prendre fin et nous ferons en sorte que vous remportiez le concours de la Scuola di San Rocco. Pour cela, frappez, demain à minuit, à la porte de ce palais et suivez à la lettre les instructions qui vous seront données.

Ces derniers mots prononcés, l'homme dissimule ses bras à l'intérieur de sa cape et repart, sans même un geste de salut, le long du Grand Canal.

Resté seul, Jacopo reprend le chemin de son sestiere du Cannaregio. Il repense alors à son père, qui teignait des étoffes, et à qui il doit son surnom de Tintoretto, petit teinturier, dont l'ont affublé ses camarades dès son plus jeune âge ; ce père qu'il aidait dans son atelier depuis qu'il a sept ans. Il se rappelle les nuits entières passées à l'étude du dessin et des couleurs ; il repense aussi à ses yeux, déjà usés par le travail dans la pénombre de son atelier, et à son corps qui souffre d'être le plus souvent confiné dans la froide humidité des églises qu'il décore. Il repense surtout à la vieille humiliation que lui a fait subir Titien, son ancien maître, qui, pressentant en lui un futur rival, l'a publiquement exclu de son atelier d'apprentissage alors qu'il était âgé de douze ans à peine. Tandis que les anciens apprentis de son âge étaient reçus un à un maîtres dans la corporation des peintres, il avait dû apprendre son métier tout seul, forcé de renoncer, dans ses premières œuvres, à l'emploi des bleus outremer ou de l'or, dont le coût chez les marchands de couleurs était trop élevé pour sa famille. Parfois même, lorsque son père peinait à rassembler assez d'argent pour faire manger les siens, il en venait à racler le sol de son atelier pour fabriquer par lui-même ses propres tons de bruns. Mais jamais un instant il n'a pensé à renoncer. Il a toujours su que son nom resterait à jamais attaché à l'histoire de sa cité. Voilà pourquoi Jacopo, ce soir-là, alors qu'il traverse le campo San Polo, se met à parler tout haut. En serrant les poings, comme pour se convaincre de sa revanche prochaine, il se dit à lui-même : « Je serai celui-là. Je serai le peintre de la Scuola di San Rocco. Je serai un jour reconnu comme le plus grand maître vénitien. »

De : Alessandro Baldi
À : W.Jeffers@st-able.usa
Objet : Vos études à Venise

Professeur Jeffers,

Je vous remercie infiniment d'avoir accepté de me venir en aide dans cette enquête. Soyez sûr que nul ne vous obligera à répondre à mes questions et que vous aurez tout loisir d'interrompre cette correspondance au moment qu'il vous plaira.

Mais venons-en au fait : pourriez-vous me dire si, lors des études que vous avez menées à Venise concernant la peinture de la Renaissance, vous avez déjà fait l'objet d'une menace quelconque ? Je suis conscient que je fais appel à des souvenirs bien lointains pour vous, mais toute information, si infime soit-elle, pourrait m'être d'un grand secours dans cette enquête.

Cordialement,

Inspecteur Alessandro Baldi

De : William Jeffers
À : A.Baldi@questura-veneto.it
Objet : Souvenirs de Venise

Inspecteur,

En effet, vous me demandez de remonter bien loin dans ma mémoire puisque mon premier séjour de travail à Venise date de l'automne 1934. Par la suite, mes recherches m'ont ramené deux fois dans cette chère cité : l'une en janvier 1947 et la seconde, un peu plus de quinze ans plus tard, en septembre 1962.

Cependant, et d'aussi loin que je m'en souvienne, je n'ai eu à aucun moment l'impression d'être menacé ou gêné dans mon étude sur les toiles des maîtres italiens.

En revanche, si les palais vénitiens, aujourd'hui transformés en musées, ont longtemps été le théâtre de rivalités politiques, d'intrigues, et parfois même d'assassinats, ce n'est plus le cas depuis des siècles. Mais vous en savez sans doute plus long que moi à ce sujet.

N'hésitez pas à m'interroger de nouveau même si je crains, comme vous avez pu le constater aujourd'hui, de ne vous être que d'une bien mince utilité.

Cordialement,

Professeur William Jeffers

3

Le jour se lève sur la Sérénissime. Jacopo Robusti a mal dormi. Il a repensé, une grande partie de la nuit, au mystérieux inconnu qu'il a rencontré la veille. « Cet homme est riche, s'est-il dit. Immensément riche sûrement. Il habite l'un des plus beaux palais de la ville mais refuse de dévoiler son nom. Il est de Venise, il en a l'accent et le vêtement, mais préfère dissimuler son visage. » Tout en s'habillant, le peintre se rappelle chacun de ses mots. À aucun moment l'homme n'a parlé en son nom. Jamais il n'a dit *je*, mais toujours *nous*. « S'il parlait au nom de l'archiconfrérie de San Rocco, se demande Jacopo, pourquoi intriguer contre sa politique et ses choix ? » Tout en s'interrogeant, il descend les marches de sa maison et s'engage dans la calle del Capitello. Il n'a nul endroit où se rendre, nul ami ni parent à visiter ce matin. S'il marche ainsi, au hasard des ruelles et des canaux, c'est seulement pour satisfaire aux demandes de son corps, bien trop souvent privé de grand air, d'exercice et de soleil. Il a achevé la veille sa dernière toile et il sait que rares sont les journées qu'il ne passera pas voûté sur son chevalet, dans le froid et l'humidité de son atelier, l'esprit le plus souvent enivré par ses huiles et ses pigments.

Ses pas, ce jour-là, le conduisent tout d'abord au cœur du sestiere du Getto où il aime à sentir sur son corps le souffle chaud exhalé par les fonderies. En arrivant à la hauteur du premier atelier, Jacopo se plaît à observer les artisans qui s'activent autour d'un four, creusé à même le sol. Les flammes confèrent à leur peau des couleurs chaudes, en même temps qu'elles plongent le reste de la pièce dans une semi-obscurité. A peine sortis du feu, les bronzes, parmi lesquels Jacopo reconnaît des têtes de lions ou encore des bustes de Maure ou de bouffon, sont amenés à l'extérieur, où un jeune apprenti, après les avoir plongés dans l'eau pour les refroidir, les polit à la main.

Quittant les fonderies, Jacopo suit le canal de Cannaregio et s'engage dans la calle Riello qui abrite les principales imprimeries de la cité. Ici, il pénètre dans le monde des livres et des secrets. En empruntant cette même rue durant la nuit, il a bien souvent vu des silhouettes se dissimuler sous les arcades ; bien souvent aussi il a deviné, sous les larges capes d'hommes pressés, des mains fébriles serrant des livres interdits par le Conseil des doges ou par la Sainte Inquisition.

Alors qu'il marche ce matin-là, il se sait observé. Il sait qu'ici, plus que n'importe où ailleurs, des espions tentent de s'opposer à la publication des ouvrages en faveur de la Réforme. Chacun des regards qui se posent sur lui, du fond d'une échoppe ou d'une fenêtre élevée, s'interroge sur son identité : délateur au service de Rome ? messager du tribunal de l'Inquisition ? à moins qu'il ne s'agisse au contraire d'un prédicateur anabaptiste venu faire imprimer de nouveaux manuscrits ? Jacopo, qui devine ces interrogations que sa présence provoque à coup sûr, se dit au fond de lui-même : « Non, rien de tout cela, je suis un peintre, un simple peintre au service d'aucune idée, au service d'aucune cause. Un simple peintre au service de son art. »

Mais voilà à présent que se dresse devant lui l'église

Santa Maria Gloriosa dei Frari. « Je croyais que mon corps marchait au hasard des ruelles, s'amuse-t-il, mais il n'en est rien. Mon esprit ne pensait qu'à une chose et m'a conduit ici malgré moi. »

Car Jacopo sait que derrière cette église se trouve la Scuola di San Rocco. Il n'est pas encore midi et l'homme, rencontré la veille au soir, lui a demandé de s'y rendre à minuit. Mais trop de questions restent sans réponses et il se décide à traverser le campo pour se retrouver enfin face à ce palais dont l'image ne l'a pas quitté de la nuit. « Voilà un bâtiment à la hauteur de mon art », se dit-il en voyant la majestueuse Scuola.

Le peintre demeure ainsi immobile, face à cet édifice qui porte en lui l'autorité de la Rome antique et la chaleur des couleurs vénitiennes. Son regard va d'une colonne à l'autre, monte jusqu'aux pilastres du premier étage, s'attarde un instant sur les arcades géminées, s'élève encore jusqu'aux différents frontons pour s'arrêter enfin sur la corniche finement ciselée. Puis, remarquant alors qu'un parchemin est cloué sur la lourde porte d'entrée, il s'avance et prend connaissance de ce message :

Avis aux plus grands maîtres
de la corporation des peintres.
L'archiconfrérie de la Scuola di San Rocco
a pris la décision,
en ce 18 avril 1564,
de décorer l'ensemble de son palais.
Les candidats à cette charge devront présenter
au conseil, dans dix jours, de simples esquisses
représentant saint Roch arrivant en gloire
au paradis.

Le dessin retenu donnera le droit à son auteur d'exécuter
une œuvre peinte qui prendra place
dans l'ovale du plafond
de la Sala dell'Albergo de la Scuola.

« Avant ce soir, les plus grands peintres connaîtront cet avis de concours, se dit alors Jacopo. J'aurai donc de nombreux rivaux de grande valeur. Certes, je bénéficie de l'appui de l'inconnu rencontré hier, mais il sera bien difficile de nous départager. »

De : Alessandro Baldi
À : W.Jeffers@st-able.usa
Objet : Paul Darmington et Marco Zampiero

Professeur,

Vous faites allusion, dans votre précédent message aux sombres intrigues qui se nouaient autrefois au cœur des palais vénitiens. Je crains d'avoir en ma possession quelques éléments qui me conduisent à penser que ce passé n'est malheureusement pas révolu.

Mais, si vous le voulez bien, j'aimerais pour l'instant aller plus avant dans mon enquête en vous posant encore une question : vous souvenez-vous d'avoir personnellement connu le professeur Paul Darmington, un historien d'art anglais disparu à Venise en octobre 1934, ainsi que Marco Zampiero qui fut, dès 1960, directeur du laboratoire de recherche des musées italiens ?

Merci par avance de votre réponse,

Alessandro Baldi

De : William Jeffers
À : A.Baldi@questura-veneto.it
Objet : Paul Darmington et Marco Zampiero

Inspecteur,

Je dois vous rendre grâce de m'avoir, avec vos questions, permis de me replonger au cœur de ma jeunesse. J'ai bien connu Paul Darmington lors de mon premier séjour à Venise. Jeune professeur âgé de vingt-huit ans, je travaillais alors à un ouvrage qui traitait des grands coloristes vénitiens.

Darmington, à cette époque, était le seul historien de l'art à avoir une formation scientifique. C'est lui qui analysa pour la première fois les pigments utilisés par les maîtres de la Renaissance.

Ainsi, en permettant de dater et d'authentifier certaines toiles grâce aux micro-prélèvements et aux analyses chimiques qu'il effectuait, le professeur Paul Darmington s'imposa rapidement dans le monde entier comme l'un des pionniers de l'histoire de l'art scientifique. Sa vie cependant fut aussi brillante que brève car, dès mon retour à New York, j'appris sa disparition à l'âge de quarante-trois ans. Mais sa mort, si prématurée fût-elle, était due, comme on l'a affirmé à l'époque, à une insuffisance cardiaque.

Quant à Marco Zampiero, disparu vingt-huit ans plus tard, je ne l'ai jamais rencontré personnellement. Cependant, sa renommée était, dès le début des années cinquante, parvenue jusqu'à moi. Peu avant son suicide, Zampiero avait lui aussi travaillé sur la Renaissance italienne. Je me souviens d'excellents travaux qu'il avait publiés sur l'œuvre du Tintoret, de Véronèse et de Giorgione.

Mais permettez-moi, inspecteur, de vous poser à mon tour une question : pourquoi exhumer ainsi le passé ? Serait-il lié à des événements plus récents ?

Cordialement,

William Jeffers

4

– Ah, c'est vous ! Pardonnez-moi, je ne vous avais pas reconnu tout de suite, vous comprenez, avec ces nouveaux vêtements... Mais ne restez pas ainsi dans le couloir, entrez un instant. Juste un coup de peigne et je suis prête dans une minute.

– Je ne voudrais pas vous déranger, mademoiselle Deville, je peux tout aussi bien vous attendre dans le hall de l'hôtel.

– Allons, ne soyez pas bête. D'ailleurs, voilà, c'est déjà terminé ! Je suis à vous. Alors, où me conduisez-vous ce soir ?

– Mais où vous voulez. Ce qui compte, c'est que vous sortiez un peu de ce musée. Voilà une semaine que vous êtes arrivée à Venise et vous n'avez pas quitté une seconde votre travail à la Scuola di San Rocco.

– Voyez-vous, ce que je fais me passionne, mais c'est vous qui avez raison, il n'y a pas que le travail dans la vie et ce soir, j'ai envie de prendre l'air. Alors je vous suis. Rien de tel qu'un Vénitien pour visiter Venise.

Une fois franchie la porte de l'hôtel, le couple s'engage dans la calle de la Misericordia, puis se dirige vers le Grand Canal pour attendre le vaporetto de la ligne 1. Quelques instants plus tard, l'homme et la jeune femme montent à bord de l'embarcation, emportés dans le flot d'une marée humaine, dont un groupe de touristes japonais. Se frayant avec difficulté un chemin dans la foule qui se presse à bord, le couple atteint enfin la plateforme arrière du vaporetto. L'homme, qui d'une main ferme prend appui sur une rampe, désigne à la jeune femme les palais qui défilent sous leurs yeux. Le soleil couchant donne aux ocres des façades leurs plus chaudes tonalités de la journée. Tout en écoutant son interlocuteur, Edith Deville, habituée à vivre dans l'intimité des toiles de maîtres, se plaît à reconnaître la déclinaison des couleurs. Il y a là de l'amarante, de l'ambre, du feu, pense-t-elle avec bonheur en souriant.

– Je suis heureux de vous voir enfin vous détendre, lui dit l'homme en regardant son visage.

– Ah ! Venise... Venise... répond la jeune femme en gonflant lentement ses poumons de l'air du soir. Il y a dans cette ville quelque chose de...

Mais Edith Deville n'achève pas sa phrase. Elle se passe la main dans les cheveux, cherche un instant ses mots et continue, en souriant de nouveau :

– Enfin, je suis sûre que vous voyez de quoi je veux parler... de ce quelque chose de magique, d'indicible, de mystérieux peut-être, qui flotte ici tout autour de nous.

– Eh oui, voyez-vous, vous êtes ici en plein cœur de la cité de l'art, de l'amour et de la mort, mademoiselle Deville.

L'homme tire négligemment une cigarette d'un étui en argent.

– Pourquoi dites-vous cela ? L'art et l'amour je l'admets volontiers, mais meurt-on plus qu'ailleurs à Venise ?

– Disons plutôt que l'on y meurt d'une certaine façon... Car bien que les dépliants touristiques passent volontiers ce fait sous silence, c'est dans cette ville que l'on se suicide le plus.

– Comme c'est étrange ce que vous me dites là ; les Vénitiens seraient-ils donc des êtres désespérés ?

– Pas du tout, chère mademoiselle Deville ! Ne croyez surtout pas que les nombreux suicides dont je vous parle soient le fait des Vénitiens. Il s'agit, au contraire, d'actes accomplis par de jeunes gens romantiques venus tout spécialement d'Europe ou d'Amérique pour organiser leur propre mort dans l'ancienne Cité des Doges. Pour la plupart, ce sont des hommes et des femmes en quête d'absolu ; de pauvres bougres qui pensent que mourir à Venise sera la conclusion grandiose d'un amour meurtri ou bien d'une vie vouée tout entière à la célébration du beau.

– Savez-vous, cher monsieur, que vous me donnez froid dans le dos avec vos histoires… Si nous parlions d'autre chose ?

– Veuillez me pardonner, mademoiselle, c'est de ma faute. Tenez, regardez plutôt de ce côté.

L'homme désigne alors, sur la gauche de l'embarcation, une riche demeure légèrement en retrait du Grand Canal.

– C'est le palais Labia, continue-t-il, dont l'intérieur, vous le savez sans doute, est décoré de fresques de Tiepolo. Tenez, si vous regardez de l'autre côté maintenant, voici le palais Giovanelli, l'un de mes préférés, dans les tons orangés. Et là, un peu plus loin, c'est la Ca'Pesaro, qui renferme des toiles d'artistes du XXe siècle comme Matisse ou Klimt. Mais, si je ne me trompe, vous préférez les peintres de la Renaissance, n'est-ce pas, mademoiselle Deville ?

– Il est vrai que depuis quelques années, je me suis spécialisée dans les œuvres de Titien, de Véronèse ou de Michel-Ange. Puis, après avoir écrit ma thèse sur le Tintoret, j'ai dû patienter encore deux ans avant d'obtenir une bourse pour venir étudier ses œuvres de près, à la Scuola di San Rocco. Mais les quinze jours qui me sont accordés par la conservatrice de ce musée sont bien peu car il y a encore tant de mystères à percer dans la peinture de la Renaissance.

– Puisque vous parlez de mystères, voilà justement quelque chose qui va vous intéresser ; vous reconnaissez ce grand palais, là, sur votre gauche ?

– Oui, bien entendu, il s'agit du Fondaco dei Tedeschi, célèbre en son temps pour avoir été décoré, sur sa façade extérieure, par Titien et Giorgione. Mais l'humidité, le vent et le sel ont eu raison de ces fresques. Quel dommage ! Jamais nous ne saurons à quoi ressemblaient ces œuvres gigantesques.

– C'est ce que vous croyez, chère mademoiselle ; c'est ce que vous ont sûrement appris vos professeurs d'histoire de l'art, mais ce n'est pas tout à fait exact.

À cet instant, l'homme jette dans les eaux du Grand Canal le mince mégot qu'il tenait encore entre les doigts, se rapproche imperceptiblement de son interlocutrice et continue à voix basse :

– La fresque n'a pas entièrement disparu. Il existe un petit pan de mur, protégé par la corniche du toit, qui a été miraculeusement préservé par le temps.

La jeune femme esquisse alors un sourire. Elle garde un long moment un silence empreint d'étonnement et d'incrédulité, puis hausse les épaules en répondant :

– Ce n'est pas bien ce que vous faites là, monsieur, vous moquer ainsi d'une jeune universitaire française.

– Mais au contraire, je suis très sérieux, mademoiselle Deville, et pour vous prouver que je dis vrai, je vous propose de vous conduire jusqu'à ce pan de mur.

Descendant à la station du Rialto, le couple s'engage alors dans la riva del Ferro en direction du rio Fontego, puis se dirige vers une grande demeure dont la lourde porte sculptée, restée entrouverte, donne sur une cour intérieure.

– De là-haut, vous aurez une vue unique sur la fresque du Fondaco dei Tedeschi. Mademoiselle, si vous voulez bien me suivre…

Le couple gravit un imposant escalier de marbre blanc pour atteindre le troisième étage de la demeure. En familier des lieux, l'homme pousse alors une porte et invite la jeune femme à s'engager dans un étroit escalier de bois qui conduit dans les combles.

– Nous y voilà enfin, dit l'homme.

Sur place, la jeune femme découvre plusieurs fenêtres étroites qui donnent sur le Grand Canal et entrouvre l'une d'elles.

– Comme Venise est belle vue d'ici, se réjouit-elle, regardez là devant, on aperçoit le clocher de San Jacopo… et là-bas, tout à fait à gauche, c'est la coupole de Santa Maria.

Puis, en tournant cette fois la tête vers la droite, Edith Deville dirige son regard vers la corniche du Fondaco dei Tedeschi et s'étonne :

– Mais dites-moi, où se trouve-t-elle donc, cette fresque ?

– Bien sûr, d'où vous êtes, vous ne pouvez pas encore l'apercevoir, il faut vous pencher légèrement… Voilà, comme ceci… vous ne voyez toujours rien là-haut, sous la corniche ? Mais si, mais si, penchez-vous davantage… encore un dernier petit effort… Ça y est vous y êtes…

Un cri de terreur, qui semble venir de nulle part, vient de figer les passagers du vaporetto qui passe alors à la hauteur du Rialto. À terre, sur la riva del Ferro, quelques passants se pressent déjà autour du corps d'Edith Deville. Quelques instants plus tard, un homme se penche sur la jeune femme pour s'assurer de sa mort ; puis, en levant le regard vers les fenêtres du palais, il s'adresse aux curieux qui, de plus en plus nombreux, font cercle autour de lui :

– La malheureuse se sera jetée du haut de cette demeure… Un chagrin d'amour, ou que sais-je encore ? C'est malheureux, tous ces suicides…

En se relevant, feignant de prendre appui sur le sol d'une main, l'homme glisse alors une pièce en or dans la poche de la victime puis tire une cigarette de son étui en argent et disparaît dans la foule.

De : Alessandro Baldi
À : W.Jeffers@st-able.usa
Objet : Chien de la Cène et main du vieillard

Professeur,

Si les noms des professeurs Darmington et Zampiero figurent en bonnes places parmi les auteurs des bibliothèques universitaires, sachez également qu'ils apparaissent aussi dans les archives poussiéreuses de la police vénitienne. À l'époque de leur mort, plusieurs indices ont laissé supposer aux enquêteurs qu'il pouvait s'agir, pour l'un comme pour l'autre, d'un meurtre. Mais aucune preuve n'a jamais pu être apportée et ces deux dossiers ont fini par être classés sans suite.

Si je les ai ainsi exhumés, c'est qu'ils comportent d'étranges similitudes avec le décès d'Edith Deville, une jeune universitaire française qui a trouvé la mort il y a quinze jours à peine en plein cœur de Venise. Les documents et les notes retrouvés dans la chambre d'hôtel de la jeune femme m'ont appris qu'elle se trouvait en Italie, à l'instar de vos deux anciens collègues disparus, pour effectuer des recherches relatives aux peintres vénitiens du Cinquecento.

Malheureusement, un grand nombre des résultats de ses recherches semble avoir disparu et j'ignore quel était l'objet de ses études au moment de sa mort. Cependant, une note de travail écrite de sa main fait allusion au « chien de la Cène » et à « la main du vieillard ». Ces termes ont-ils une signification pour vous ?

Cordialement,

Alessandro Baldi

De : William Jeffers
À : A.Baldi@questura-veneto.it
Objet : Toiles du Tintoret

Inspecteur,

Les insomnies qui, à mon âge, me rendent des visites de plus en plus assidues, m'ont permis de travailler toute la nuit sur les questions que vous m'avez posées.

J'ai ouvert tout ce que ma bibliothèque personnelle compte d'ouvrages d'art et de reproductions de tableaux de maîtres pour arriver à la conclusion suivante : si les toiles de la Renaissance comptent des centaines, peut-être même des milliers de figurations de mains de vieillards, bien peu de tableaux évoquant le dernier repas du Christ, c'est-à-dire la Cène, font apparaître un chien.

Si donc j'écarte certaines toiles pour m'en tenir exclusivement à celles exposées à Venise, j'en conclus que les notes de cette malheureuse Edith Deville font toutes référence à des détails provenant des œuvres du peintre vénitien Jacopo Robusti, plus connu sous le nom du Tintoret. Toutefois, j'attire votre attention sur le fait qu'il ne s'agit pas de n'importe quels détails mais de ce que les peintres et les historiens d'art nomment des « repentirs ».

En effet, la main du vieillard, que vous pouvez voir sur le tableau de « La Montée au calvaire », ainsi que le chien figurant dans « La Cène », ont tous deux été rajoutés après coup à la toile par l'artiste lui-même. Il n'est besoin, pour s'en persuader, que de regarder attentivement, au premier plan de « La Cène », les marches de l'escalier que vous verrez passer à travers le corps du chien, preuve que l'animal a été peint après une première version achevée de la toile. Il en est de même pour la main du vieillard aidant le Christ à porter sa Croix dans « La Montée au calvaire ». En observant la toile de près, vous verrez cette fois les arêtes de la Croix du Christ à travers les doigts du vieil homme : là encore, la main a été rajoutée dans un second temps.

Voilà donc les œuvres qu'étudiait Edith Deville peu avant sa mort : toutes deux sont des toiles du Tintoret et se trouvent accrochées aux murs de la Scuola di San Rocco.

En espérant vous avoir été utile,

Professeur William Jeffers

5

Cette nuit-là, la brise marine souffle sur Venise depuis la tombée du jour. À la lueur de la lune et des quelques lanternes qui éclairent la cité, Jacopo se rend à la Scuola di San Rocco. Le vent ride la surface des canaux et s'engouffre, chaque fois qu'il traverse une place, sous sa large cape pour la faire flotter un instant derrière lui. Il est précisément minuit lorsqu'il frappe à la lourde porte de la Scuola. Aussitôt, un homme lui ouvre et porte un chandelier à hauteur de son visage afin de distinguer ses traits, puis l'invite à entrer sans plus attendre.

– Bonsoir, signor Tintoretto !

Jacopo reconnaît tout de suite son interlocuteur. Il s'agit du vieil homme qui est venu chez lui un soir porter le message de son maître.

– Suivez-moi, continue-t-il, nous n'avons pas de temps à perdre.

C'est donc à la lueur d'un simple chandelier que Jacopo Robusti découvre pour la première fois les immenses salles de la Scuola. L'homme le dirige tout d'abord dans une vaste pièce, qu'il désigne comme la Sala Terrena, où le peintre distingue à peine de larges colonnes blanches qui reposent sur un sol en damier. Un escalier les conduit à l'étage, dans une pièce plus vaste encore.

– Voici la Sala Grande Superiore, dit simplement le vieil homme sans s'arrêter de marcher.

La faible lumière de la lune qui pénètre dans la pièce par les fenêtres géminées permet à Jacopo de discerner un plafond décoré à l'or fin. En traversant la salle entière, Jacopo distingue aussi sur le sol un riche entrelacement de figures géométriques en marbre multicolore. Les deux hommes parviennent enfin dans une troisième pièce, plus large que longue et dont les murs de droite et de gauche comportent chacun deux fenêtres à colonnettes richement ornementées.

– Nous y voilà, dit alors le vieil homme en se plaçant au centre de la pièce, voici la Sala dell'Albergo, celle qui nous intéresse plus particulièrement. Regardez donc au-dessus de vous...

Jacopo lève les yeux et aperçoit un grand espace ovale, qui constitue le centre géométrique du plafond de bois sculpté et doré à l'or fin.

– ... Voici l'espace destiné à recevoir la toile que devra composer le peintre dont l'esquisse représentant saint Roch en gloire sera retenue par les membres du jury de la Scuola. Telles sont, pour le moins, les conditions officielles du concours. Toutefois, une faction de l'archiconfrérie de San Rocco qui vous est favorable, signor Tintoretto, vous invite à exécuter, en l'espace de dix jours, non pas une simple esquisse comme le feront vos confrères, mais directement une toile représentant saint Roch, pleinement achevée, et que nous prendrons soin de fixer à la place qui lui revient dans l'ovale du plafond. Quand viendra le jour pour les peintres de remettre leurs dessins aux membres du jury de l'archiconfrérie, vous avouerez simplement que vous n'avez pas pour habitude de présenter des esquisses et, en les invitant à lever les yeux, vous leur montrerez votre toile dans son emplacement. Ensuite, vous n'aurez qu'à suivre les instructions qui vous seront données.

– Mais cela est impossible ! Dix jours permettent sans doute à n'importe quel peintre digne de ce nom de préparer quelques esquisses mais en aucun cas d'achever une toile d'une pareille dimension.

– N'oubliez pas que vous êtes vénitien, signor Tintoretto ! répond alors le vieil homme en faisant preuve d'une véhémence dont Jacopo ne l'aurait pas jusqu'ici cru capable. Et les Vénitiens ont toujours réussi l'impossible. Car était-il possible, selon vous, d'ériger une cité sur des terres marécageuses et d'en faire la ville la plus prestigieuse qui soit au monde ? Était-il encore possible, selon vous, que cette ville, sortie des eaux comme par miracle, fonde à elle seule l'Empire latin d'Orient et règne pareillement sur l'Adriatique et la Méditerranée ? Tout cela était-il possible ? Non, n'est-ce pas, ça ne l'était pas. Et pourtant des Vénitiens l'ont fait, avec l'aide de Dieu. Alors, de grâce, ne me dites pas qu'il existe des défis impossibles à relever.

– Mais vous ignorez tout du métier de peintre ! s'emporte à son tour Jacopo. Il me faudrait déjà une journée entière pour me procurer une toile à la dimension de l'ovale du plafond ; par ailleurs, il est impossible de travailler sur une surface non traitée au préalable par un fond de préparation, qui nécessite, à lui seul, au moins trois journées de séchage. Il ne me resterait donc que six jours à peine pour composer cette toile.

– Apprenez tout d'abord que les maîtres que je sers fidèlement, et dont il est préférable que vous ne connaissiez jamais l'identité, n'ignorent rien, ainsi que vous osez le prétendre, du métier de peintre, tout comme ils n'ignorent rien du métier d'imprimeur, de prêtre, de gouverneur, de navigateur ou de commandant militaire. Voilà pourquoi une toile ovale, découpée aux dimensions exactes du plafond de la Sala dell'Albergo, vous attend actuellement, gardée par deux hommes, devant les portes de votre atelier du sestiere de Cannaregio. Sachez également qu'elle a été recouverte, il y a trois jours de cela, d'un enduit blanc semblable à celui que vous utilisez habituellement et qui se trouve être, à l'heure où je vous parle, parfaitement sec. Et pour ce qui est de l'œuvre qu'il vous reste à peindre, nous n'ignorons pas que ce matin même vous avez pris connaissance des termes du concours, et, puisque nous savons que vous avez ensuite regagné votre atelier, nous pouvons raisonnablement penser que vous avez déjà réfléchi tout l'après-midi à la composition d'un saint Roch en gloire. Tout cela n'est-il pas exact, signor Tintoretto ?

Le vieil homme disait vrai. Jacopo comprend dès cet instant qu'il a affaire à des personnes œuvrant dans l'ombre avec une détermination absolue, et qu'il est vain de s'opposer à leur volonté.

– Eh bien soit ! répond-il simplement, en prenant congé de son interlocuteur qui le raccompagne jusqu'à la porte de la Scuola.

Avant qu'il n'en franchisse le pas, le vieil homme s'adresse une dernière fois au peintre en chuchotant :

– Deux émissaires passeront le soir du 27 avril, la veille du concours, reprendre la toile à votre domicile. Celle-ci, dans votre intérêt comme dans le nôtre, devra absolument être achevée. Ne perdez pas un seul instant.

De : Alessandro Baldi
À : W.Jeffers@st-able.usa
Objet : Visite de San Rocco

Professeur Jeffers,

À la lecture de votre courrier, mes sentiments sont partagés entre l'admiration pour vos connaissances exceptionnelles et la reconnaissance que je vous dois pour la nouvelle direction que prend mon enquête.

Mais avant d'aller plus loin, j'ai un aveu à vous faire : Vénitien de naissance, je n'ai pourtant découvert qu'aujourd'hui l'intérieur de la Scuola di San Rocco ainsi que les œuvres du Tintoret. Mes études de droit puis de criminologie ne comportaient pas, vous devez aisément vous en douter, de cours d'histoire de l'art.

Sachez cependant que je ne regrette pas cette visite qui m'a véritablement passionné. Je comprends mieux à présent les personnes comme vous qui dédient leur existence à percer les mystères de l'art.

À ce sujet, une question ne cesse de me hanter depuis ce matin : d'où vient ce sentiment d'inquiétude qui se dégage des toiles du Tintoret ? Car j'ai observé chacune de ses œuvres et je n'ai vu que des corps malades ou torturés, je n'ai aperçu que de l'angoisse dans le regard des hommes et des femmes, je n'ai ressenti que la haine et j'ai vu le sang couler comme un long fleuve rouge de toile en toile. Comment expliquer que cet artiste peignait la mort plus que la vie, le mal plus que le bien et l'anxiété bien plus que l'espoir ?

Cependant, les nombreux visiteurs que j'ai côtoyés aujourd'hui défilaient devant ces toiles dans une sorte d'indifférence nonchalante ; étais-je donc le seul, d'après vous, à éprouver un tel sentiment ?

Cordialement,

Alessandro Baldi

De : William Jeffers
À : A.Baldi@questura-veneto.it
Objet : Les angoisses du Tintoret

À mon tour de vous faire un aveu : si vous vous intéressez désormais à l'art pictural, sachez que pour ma part je commence à me passionner pour votre enquête. Je vous confesse même que je consulte plusieurs fois par jour ma messagerie électronique dans l'espoir d'un message de vous. Bien qu'ayant conscience qu'il s'agit là d'une affaire sérieuse puisque vous me dites qu'une jeune femme est morte, je m'amuse follement et je ne cesse de vous imaginer arpentant les ruelles de Venise en tenue démodée d'Hercule Poirot, costume trois pièces, chapeau rond enfoncé sur la tête, et pinçant de temps à autre sur votre nez une petite paire de lunettes.

Figurez-vous que je parlais de vous ce matin même à la jeune infirmière qui vient me soigner chaque jour : « Gardez-moi en vie le plus longtemps possible, lui ai-je dit, car une personne sur cette terre a encore besoin de moi. » Elle a eu l'air bien intrigué, mais ne craignez rien, je ne lui en ai pas dit davantage…

Mais revenons à votre enquête. Vous me dites avoir vu dans les toiles du Tintoret de l'angoisse et de la douleur et je vous répondrai tout d'abord que vous avez bien vu. En effet, l'art de ce peintre visionnaire n'est pas du tout compatible avec le calme, l'harmonie et la sérénité qui règne partout ailleurs dans l'esprit de la Renaissance. Contrairement à un Titien, à un Michel-Ange ou à un Giorgione, le Tintoret est vénitien, et son art n'est que le reflet des inquiétudes que partagent alors tous les citoyens de la Cité des Doges. À cette époque, en effet, la République de Venise a déjà amorcé un déclin qui sera irréversible. La perte de Byzance et de la route du Levant, les galères barbaresques qui menacent la flotte vénitienne en Méditerranée et la découverte des Amériques annoncent l'agonie de la cité. Si vous ajoutez à cela les ravages de la peste et le traité de Cambrai conclu entre le Pape et les rois de France et d'Espagne pour combattre la Sérénissime, vous comprendrez aisément les inquiétudes des Vénitiens en ce milieu du XVIe siècle.

Vous avez donc ressenti, en visitant San Rocco, des angoisses vieilles de cinq siècles. Et c'est là, mon cher inspecteur (permettez que je vous appelle ainsi), l'un des miracles de l'art.

Cordialement,

William Jeffers

6

21 janvier 1962.

Le professeur Marco Zampiero rassemble ses affaires à la hâte. Sans prendre la peine de les mettre en ordre, il jette pêle-mêle des vêtements, des livres et des carnets de notes dans une grosse valise de cuir, enfile son manteau. Puis il quitte précipitamment sa chambre d'hôtel, encombré par ses bagages personnels et par une malle qui renferme son matériel de travail.

Une fois à l'air libre, il se dirige à grand-peine vers la station de vaporetto de Santa Maria del Giglio. Sa démarche est pesante. Naturellement ralentie par ce qu'il a lui-même coutume d'appeler sa surcharge pondérale, son allure est de plus entravée par ses lourds bagages. C'est seulement lorsqu'il prend place dans l'embarcation qui doit le conduire à la gare que Marco Zampiero s'accorde le temps de reprendre son souffle. Lorsqu'il considère que sa respiration a repris un rythme proche de la normale, il se saisit d'un mouchoir et éponge son front sur lequel perlent, malgré le froid qui descend sur Venise en ce début de soirée hivernale, de grosses gouttes de sueur.

Le vaporetto quitte maintenant son arrêt. Pendant qu'il remonte le Grand Canal, les regards du professeur se partagent entre les riches demeures de la cité qu'il va quitter et les aiguilles du cadran de sa montre.

« Ah, voilà déjà le palais Giustinian, l'arrêt de San Samuele n'est donc plus très loin, marmonne-t-il. Il me faut quitter Venise au plus vite, oui c'est cela, quitter Venise... Hors d'ici, peut-être, je serai plus en sécurité... Ah, voilà que l'on passe sous le pont du Rialto... je serai donc bientôt à la gare. »

Le cou tendu vers l'avant du vaporetto, Marco Zampiero se tient solidement d'une main à l'embarcation tandis que de l'autre il serre anxieusement le revers de son manteau.

« Voici la Ca'd'Oro... encore un arrêt et je suis arrivé. »

Bien avant que le vaporetto n'atteigne son terminus, le professeur Zampiero se tient déjà devant le portillon, prêt à descendre.

« Voilà le palais Calbo, cette fois je suis arrivé. »

Empoignant fermement ses bagages, il pénètre précipitamment dans la gare. Il ne lui reste plus qu'à trouver le Venise-Rome de dix-huit heures quarante-cinq. La hâte qui est la sienne, son anxiété palpable et l'effort qu'il fournit pour transporter seul ses lourds bagages ont transformé sa respiration en un halètement de bête traquée. Pour inspirer plus confortablement, il pose un instant l'un de ses bagages à terre, et, de sa main libre, tire légèrement sur son nœud de cravate. Puis il défait le premier bouton de sa chemise. Là-bas, tout au bout du quai, il aperçoit enfin le wagon qui est le sien. Une fois arrivé à sa hauteur, et après avoir fourni un dernier effort pour se hisser sur le marchepied, Marco Zampiero peut enfin se laisser tomber sur la banquette de tissu brun d'un compartiment libre. Après un coup d'œil jeté à sa montre, le professeur s'éponge de nouveau le visage et s'emporte à voix haute contre le train qui ne part pas à l'heure prévue.

Ce n'est que quelques instants plus tard, lorsque retentit

un long coup de sifflet qu'accompagnent les crissements métalliques d'un wagon qui s'ébranle, que Marco Zampiero semble enfin s'apaiser. Il se rapproche de la fenêtre et voit avec soulagement s'éloigner ces silhouettes, restées sur le quai, qui saluent de la main un ami ou un parent.

– J'espère que la fumée ne vous dérange pas, monsieur.

Cette voix qu'il entend dans son dos le fait sursauter.

– Non, pas du tout, je vous en prie, monsieur, dit-il à cet homme voyageant sans bagage et qui prend place à côté de lui tout en portant une cigarette à ses lèvres.

À peine installé, le nouveau venu scrute un court instant le visage de son voisin puis s'écrie :

– Mais quel heureux hasard, professeur Zampiero, vous, dans ce train !

Le professeur, dont le corps est toujours tourné vers la fenêtre, fait une brusque volte-face pour identifier son interlocuteur :

– Veuillez m'excuser, monsieur, mais vous semblez me connaître tandis que moi... mais oui, attendez... bien sûr ! Pardonnez-moi de ne pas vous avoir reconnu tout de suite, vous comprenez, vous voir ici, dans ce train, loin de votre cadre habituel...

– Mais je vous en prie, ce n'est rien, ne vous excusez pas.

Marco Zampiero, qui ne semble pas soucieux d'engager plus avant la conversation, se tourne vers la fenêtre avec un sourire de politesse. Cependant, après un bref silence, l'homme s'adresse de nouveau à lui :

– Alors, comme je vois, vous quittez déjà Venise.

– Eh oui... comme vous voyez, répond brièvement le professeur sensiblement embarrassé.

– Veuillez pardonner mon indiscrétion, mais je pensais que votre mission d'étude à la Scuola di San Rocco s'achevait à la fin du mois, c'est-à-dire pas avant une dizaine de jours.

– Eh bien non... ou plutôt oui, c'est vous qui avez raison... mais vous comprenez... un événement imprévu me réclame d'urgence chez moi, à Rome... Il s'agit de ma pauvre mère qui est malade... Je n'ai eu que le temps de sauter dans le premier train... tout cela a été si soudain.

– Vous m'en voyez désolé. Vous ne manquerez pas de lui transmettre tous mes vœux de prompt rétablissement.

– Ce sera fait, je vous remercie.

Le silence s'installe dans le compartiment. Mais l'homme, qui ne semble pas renoncer à poursuivre la conversation, interroge de nouveau son voisin :

– J'espère tout de même que malgré la brièveté de votre séjour, les résultats de vos travaux vous ont donné pleine satisfaction. Je suis certain que l'utilisation de la radiographie appliquée à l'art pictural a dû apporter, comme c'est souvent le cas depuis quelques années déjà, son lot de découvertes passionnantes. Quand je pense qu'avec de simples rayons X vous pouvez connaître la première version des toiles de maîtres, le cheminement artistique des peintres ou encore leurs corrections, je trouve cela tout bonnement prodigieux ! Pardonnez une fois encore mon indiscrétion, mais vous êtes parti si précipitamment que personne à Venise n'a eu vent de vos dernières trouvailles. Est-ce trop vous demander que de m'en donner un petit aperçu ?

Marco Zampiero, comprenant qu'il n'échappera pas aussi facilement à cette conversation, abandonne à regret sa fenêtre :

– Oh, vous savez, je vais sûrement vous décevoir, car j'ai bien peu de révélations à vous offrir.

– Je suis sûr du contraire, mais ne me faites attendre davantage, professeur.

– Bien, bien, si vous y tenez tant, sachez qu'en arrivant à Venise, j'ai tout d'abord analysé une petite toile de Giorgione, bien connue des visiteurs de l'Accademia, qui s'intitule *La Tempête*. Combien d'encre ce tableau n'a-t-il pas fait couler n'est-ce pas ? Combien de personnes se sont demandé ce que ces deux personnages, le soldat et la bohémienne nue, faisaient là. Et pourquoi une telle distance les séparait ? L'homme est-il là pour protéger cette femme ? Et pour quelle raison celle-ci fixe ainsi le spectateur droit dans les yeux ? Eh bien, comme je vous le disais à l'instant, dans ce cas précis, la radiographie, plutôt que de proposer des solutions à ces questions, a contribué à en poser davantage encore. Car figurez-vous que les rayons X m'ont révélé que le peintre avait tout d'abord choisi de représenter une seconde figure féminine nue, trempant ses pieds dans le ruisseau, avant que son pinceau ne métamorphose subitement cette naïade en ce soldat habillé que vous pouvez encore admirer aujourd'hui sur le tableau. Deux femmes dans la première version de l'œuvre, un homme et une femme dans la version définitive ! Voilà tout ce que je peux vous dire de cette œuvre qui conserve donc tous ses secrets.

– Tout cela est passionnant, véritablement passionnant, mais dites-moi encore, qu'avez-vous appris concernant les toiles du Tintoret ?

– Eh bien... Le Tintoret, dites-vous ? Rien... rien de bien extraordinaire...

À cet instant, Marco Zampiero se saisit de nouveau de son mouchoir pour s'éponger le front. Cependant, constatant que l'homme semble attendre une réponse plus précise, il continue en bredouillant :

– Sans doute, seriez-vous intéressé par ma découverte de quelques personnages rajoutés après coup dans *La*

Crucifixion... ou bien par le changement de la couleur d'un drapé dans *L'Adoration des bergers*. Mais je vous assure qu'à part cela je n'ai vraiment rien trouvé de plus chez le Tintoret.

– Vraiment rien de plus, professeur ?

– Non, non... rien... je... je vous assure... Maintenant, si vous le permettez, je vais tenter de m'assoupir un instant... Le voyage jusqu'à Rome va être éprouvant.

Joignant alors le geste à la parole, Marco Zampiero remonte le col de sa veste sur son visage, étend ses jambes devant lui, prend une ample respiration puis ferme les yeux.

– Professeur, professeur, si vous voulez dormir comme un ange j'ai justement sur moi des somnifères qui sont excellents.

Marco Zampiero, en marmonnant un vague remerciement d'usage, fait signe qu'il refuse la proposition sans même ouvrir les yeux.

– Permettez-moi d'insister, ces comprimés sont vraiment très efficaces...

– Je vous ai dit non, assène une fois encore le professeur, visiblement contrarié.

– Mais si, mais si, je suis sûr que vous allez accepter...

L'homme enfonce dans le flan du professeur le canon d'un pistolet.

Ce dernier tressaille et comprend qu'il est trop tard. Trop tard pour s'enfuir, trop tard pour échapper à son assassin qui lui met déjà de force des comprimés dans la bouche.

– Vous voyez, je vous l'avais dit, il ne faut pas faire le difficile avec moi. Voilà, encore un, puis un autre, voilà, avalez-les tous, et qu'il n'en reste pas un !

Le Venise-Rome entre en gare de Vérone. Il fait déjà nuit noire. Quelques rares passagers montent à bord du train, progressent lentement dans le couloir étroit puis ouvrent la porte d'un compartiment dans lequel règne une légère odeur de cigarette. Ils ne trouvent rien d'anormal à voir un homme, de forte corpulence, dormir profondément, le visage collé à la fenêtre. Ce n'est que bien plus tard dans la nuit que le contrôleur s'apercevra que cet homme, immobile, a cessé de vivre depuis longtemps déjà. Dans ses poches, il trouvera des papiers d'identité, un tube de somnifères vide et une très ancienne pièce en or.

De : Alessandro Baldi
À : W.Jeffers@st-able.usa
Objet : Darmington, Zampiero et le Tintoret

Cher professeur,

Mon bureau, à la brigade criminelle, est devenu un véritable salon du livre d'art. Voilà donc une semaine que je me penche sur les secrets des maîtres de la Renaissance, et j'espère que vous pourrez bientôt être fier de votre nouvel élève.

Cependant, ne croyez pas que j'en aie oublié mon enquête pour autant car j'étudie plus particulièrement les ouvrages des professeurs Darmington et Zampiero, dont les disparitions, au siècle dernier, pourraient bien être liées, d'une manière ou d'une autre, à celle d'Edith Deville. À ce propos, je m'étonne qu'aucun des essais signés par les deux professeurs disparus ne soit consacré à l'œuvre du Tintoret. En connaîtriez-vous la raison ?

Pour finir, et en attendant votre réponse, sachez que j'ai tout particulièrement apprécié l'un des ouvrages dont vous êtes l'auteur : « Les Maîtres italiens de la Renaissance », publié en 1967. Si l'occasion se présente un jour pour moi de me rendre à New York, je serais heureux que vous me fassiez l'honneur de me dédicacer cet exemplaire.

Cordialement,

Alessandro Baldi

P.-S. Au risque de vous décevoir, sachez que je ne ressemble en rien à l'image du vieux détective que vous avez façonnée de moi. Je n'ai en effet que trente-huit ans et, en guise de costume trois pièces, je porte le plus souvent des jeans et un blouson de cuir. Désolé aussi pour le chapeau : j'exhibe au contraire une calvitie précoce et seules peut-être les petites lunettes rondes pourraient rappeler le personnage d'Hercule Poirot.

De : William Jeffers
À : A.Baldi@questura-veneto.it
Objet : Les Tintoret de San Rocco

Cher inspecteur,

Lorsque toute cette affaire sera enfin terminée, c'est avec grand plaisir que je vous recevrai ici, chez moi, pour vous dédicacer mon livre. Considérez donc cet e-mail comme une invitation en bonne et due forme.

Mais, pour l'instant, venons-en au fait : je viens de passer ces trois derniers jours à consulter la totalité des publications des regrettés professeurs Darmington et Zampiero.

Sachez que votre conclusion est en partie erronée car nombre de leurs études portent au contraire sur des œuvres du Tintoret. Un très ancien compte rendu de conférence de Paul Darmington fait en effet référence aux toiles « Le Miracle de l'esclave » et « La Création des animaux », visibles toutes les deux à l'Accademia de Venise. D'autre part, une revue d'histoire de l'art, datée de juin 1959, comprend un article signé de Marco Zampiero qui évoque la toile « Saint Augustin guérissant les estropiés », appartenant quant à elle au Museo Civico de Vicence.

Cependant, j'attire tout particulièrement votre attention sur le fait surprenant qu'aucune des recherches des deux professeurs ne concerne les toiles se trouvant au sein de la Scuola di San Rocco.

Si, comme leurs différents travaux le prouvent, tous deux s'intéressaient de près aux toiles du Tintoret, il ne fait aucun doute qu'ils aient étudié attentivement les œuvres de cette célèbre Scuola. Pourquoi alors n'en avoir gardé aucune trace écrite ? Pas plus que vous, je n'ai pour l'instant la réponse à cette question.

Cordialement,

W.J.

7

Dix journées se sont écoulées depuis le rendez-vous secret de Jacopo à la Scuola di San Rocco. C'est donc aujourd'hui que le jury de l'archiconfrérie choisira le peintre à qui reviendra l'honneur de décorer les vastes salles de leur palais. En franchissant les portes de la Scuola, en ce matin du 28 avril 1564, Jacopo Robusti sait que son destin est en train de se jouer. S'il est nommé, comme il l'espère, peintre officiel de la Scuola di San Rocco, il deviendra l'égal des plus grands maîtres et inscrira à jamais son nom dans l'histoire de Venise.

En pénétrant dans la Sala Terrena de la Scuola, il aperçoit tout d'abord le vieux gardien qui l'accueille en feignant ostensiblement de ne pas le connaître :

– Si vous venez participer au concours, je vous prie de décliner vos nom et qualité.

– Je m'appelle Jacopo Robusti, surnommé il Tintoretto, maître dans la corporation des peintres.

– Très bien, veuillez donc me suivre vers la Sala dell'Albergo ; vous patienterez un instant en compagnie de vos confrères qui sont déjà arrivés.

En atteignant le premier étage du palais, Jacopo reconnaît immédiatement ses trois concurrents. Si les hommes se fréquentent de longue date, ils ne s'apprécient pas et se sont toujours considérés comme des rivaux, se disputant âprement le privilège de décorer les plus beaux palais et églises de la ville. Seul un salut poli est donc échangé entre les peintres qui patientent debout devant la Sala dell'Albergo. Il y a là Paolo Caliari, dit le Véronèse, l'impétueux Andrea Schiavone, ainsi que le jeune Federico Zuccari. Tous tiennent en main de grandes esquisses et n'ont pas manqué de noter que Jacopo est, quant à lui, arrivé les mains vides. Où sont donc ses dessins ? Comment peut-il concourir sans montrer son projet aux membres du jury ? Les peintres, qui gardent le silence, se posent tous ces mêmes questions en se jetant des coups d'œil furtifs. Mais voilà que le vieil homme qui les a guidés jusqu'ici leur demande à présent de bien vouloir pénétrer les uns après les autres dans la Sala dell'Albergo, de se présenter aux membres de l'archiconfrérie, et enfin de leur exposer leurs esquisses.

Sans attendre un seul instant, Andrea Schiavone, homme aussi nerveux qu'ambitieux, s'avance le premier à petits pas rapides. D'une main ferme, il tend aux membres de l'archiconfrérie, qui, au nombre de trente, sont assis devant lui, deux esquisses exécutées à la pointe de métal, représentant saint Roch au paradis. Le jury semble apprécier les dessins qui passent de main en main. Des impressions sont alors chuchotées à mi-voix, des avis sont partagés, discutés, et l'on demande ensuite au deuxième candidat de s'avancer. Le Véronèse, qui, en cette année 1564 est au faîte de sa gloire, fait alors quelques pas en avant, et présente à son tour trois dessins à la mine de plomb, qui sont commentés avec un grand enthousiasme. Cet accueil des plus chaleureux arrache au peintre un imperceptible sourire de satisfaction. Vient ensuite le tour du jeune Federico Zuccari dont l'esquisse audacieuse, réalisée au crayon noir affermi à la cire, semble diviser les membres du jury. Si certains crient au sacrilège devant cette image de saint Roch, en habits vénitiens contemporains, découvrant un paradis où les anges et les femmes dénudées habitent pareillement une nature luxuriante, d'autres, au contraire, louent l'audace et le talent du jeune peintre.

Jacopo, qui est resté en retrait depuis le début, s'avance alors à son tour ; il s'arrête à quelques pas des membres du jury, joint ostensiblement les mains dans son dos, relève fièrement le visage et demeure parfaitement immobile. Un silence épais tombe soudain sur la Sala dell'Albergo. Tous les yeux se portent alors sur cet homme de petite taille, aux cheveux et à la barbe noirs comme de l'ébène et dont le regard volontaire révèle une détermination absolue. Des chuchotements interrogateurs parcourent à présent les membres de l'archiconfrérie jusqu'à ce que l'un d'eux, à bout de patience, s'exprime enfin au nom de tous :

– Mais qu'est-ce que cela signifie, signor Tintoretto, pourquoi patienter de la sorte ? Nous attendons tous de voir vos esquisses.

– C'est que, voyez-vous, répond Jacopo d'une voix assurée, je n'ai pas pour habitude de présenter mes dessins en public.

– Mais alors, comment comptez-vous donc vous y prendre pour nous faire connaître votre projet représentant saint Roch au paradis ?

Jacopo lève les yeux vers le plafond, puis, pointant son index au-dessus de sa tête, il articule lentement :

– Si vous tenez à voir mon travail, je vous invite à cesser de me dévisager ainsi et à diriger plutôt votre regard vers le ciel…

Dans l'ovale du plafond de la Sala dell'Albergo, les membres de l'archiconfrérie ainsi que les peintres découvrent alors avec stupéfaction une représentation éblouissante de saint Roch arrivant au paradis, les bras écartés et les paumes ouvertes, accueilli par le Seigneur qui, porté par trois anges, semble descendre du sommet des cieux. Le saint, parvenu au terme de sa vie terrestre, a remis son long bâton de pèlerin à un ange ; il est magnifié par des rouges éclatants qui contrastent avec des ors et des bleus outremer lumineux.

Une vive agitation s'empare alors de la Sala dell'Albergo. Dans une confusion extrême fusent des exclamations d'admiration pour l'œuvre peinte ; admiration suscitée tout autant par la qualité de la toile que par la diligence avec laquelle celle-ci a été composée. Achever ainsi une telle œuvre en dix jours à peine relève véritablement du prodige !

Mais l'enthousiasme des uns cède rapidement la place à la colère des autres. Andrea Schiavone et Federico Zuccari tout d'abord, excédés de savoir qu'ils ont été trompés, quittent la salle, jetant leurs esquisses à terre en signe de dépit. Certains membres de l'archiconfrérie se précipitent alors pour les récupérer mais celles-ci sont déjà piétinées. Véronèse, quant à lui, ne trouve pas de mots assez durs pour exprimer sa fureur ; hors de lui, il déchire ostensiblement ses propres esquisses et s'en prend aux membres du jury en dénonçant ouvertement les complicités dont a dû bénéficier Jacopo Robusti au sein de la Scuola. Des accusations sont portées, et déjà de nombreuses voix s'élèvent pour demander l'exclusion du peintre qui n'a pas respecté les termes du concours. Bien qu'une partie de l'archiconfrérie semble toujours favorable à Jacopo, la majorité de ses membres ne tarde pas à ordonner le retrait pur et simple de la toile se trouvant au plafond.

À la faveur de la confusion cependant, le vieux gardien s'est discrètement approché de Jacopo et lui a remis une note écrite dont ce dernier a pris connaissance. Quelques instants plus tard, lorsque le calme semble être revenu, l'un des membres du jury, désigné comme étant son porte-parole, annonce au peintre :

– Compte tenu de votre initiative qui s'avère être contraire au règlement de notre institution, nous ordonnons que la toile dont vous êtes l'auteur soit retirée sur-le-champ de son emplacement et vous soit restituée.

– Puisque vos dires semblent accorder une place de choix au règlement de votre Scuola, lui répond alors Jacopo en enfouissant discrètement le billet qu'il vient de lire dans sa poche, permettez-moi de vous rappeler l'article IV de vos statuts, qui interdit à quiconque de ses membres de refuser les donations pieuses. Puisque tel est le cas de ma toile, considérez-la comme une offrande que je fais officiellement à la Scuola di San Rocco, qui ne pourra donc pas la refuser. Sachez, en outre, que je suis disposé à compléter la décoration de cette même pièce si vous m'en confiez la charge.

Le jour suivant, un messager apporte à Jacopo une lettre l'informant qu'après la réunion des membres de l'archiconfrérie de San Rocco, qui s'est prolongée une grande partie de la nuit, lui est confié, en tant que peintre officiel de la Scuola, le soin de réaliser six grandes toiles destinées à la décoration de la Sala dell'Albergo contre un paiement annuel de deux cents ducats d'or.

De : Alessandro Baldi
À : W.Jeffers@st-able.usa
Objet : Histoire de la Scuola di San Rocco

Cher professeur,

Avez-vous déjà eu, lors de vos études sur les toiles de maîtres, l'impression étrange de tourner autour de la vérité d'un artiste, sans jamais réussir cependant à l'appréhender tout à fait ? J'ai lu récemment que le grand mystère de l'art, s'il peut parfois être cerné, ne pourra jamais être tout à fait dévoilé. Tel est, en tout cas pour l'instant, mon sentiment en ce qui concerne cette enquête. Sur la piste du meurtre d'Edith Deville, commis il y a quelques semaines, des indices (pardonnez-moi de ne pouvoir encore vous les dévoiler) me conduisent à des crimes remontant à plusieurs décennies. Mais pour tenter d'y voir plus clair encore, c'est à plusieurs siècles en arrière que je dois m'efforcer de remonter. Pourriez-vous donc me parler plus en détail de l'activité historique de la Scuola di San Rocco ?

Merci encore pour votre précieuse collaboration.

A bientôt,

A.B.

De : William Jeffers
À : A.Baldi@questura-veneto.it
Objet : Histoire de la Scuola di San Rocco

Cher inspecteur,

Je crois que nos métiers se ressemblent beaucoup : rechercher encore et toujours la vérité, savoir se fier à son intuition et se saisir de chacun des indices qui nous sont donnés. Vous auriez sûrement fait un très bon historien d'art. Mais ne perdons pas de temps, car je vous dois une réponse au sujet de la Scuola di San Rocco. (De plus, je dois me dépêcher de terminer ce courrier car j'attends la visite de mon infirmière qui me reproche quotidiennement de trop travailler. Elle prétend même que cela est mauvais pour ma tension.)

Sachez donc que les Scuole vénitiennes, fondées par les plus riches patriciens de la cité, furent, à l'origine, des établissements qui se vouaient uniquement à la dévotion et à la bienfaisance. Mais, très vite, certains membres de ses puissantes archiconfréries, forts de leur richesse et de leur nombre, commencèrent à se mêler des affaires publiques et à défier le pouvoir politique et religieux de la Sérénissime.

Les doges, garants de l'autorité de Venise, se mirent alors à exercer un contrôle très étroit sur les membres de ces Scuole dont certains, par réaction, fondèrent des ordres clandestins au pouvoir considérable qui intriguaient en secret contre l'État. Ainsi, dès le XVIe siècle, la Scuola di San Rocco, derrière la respectabilité de ses activités de bienfaisance, abritait très certainement l'un de ces puissants ordres clandestins. De nombreux ouvrages, imprimés à cette époque, font par ailleurs mention des luttes du pouvoir en place à Venise contre ces sociétés secrètes.

Si cela vous intéresse, je pourrais tenter d'en savoir davantage sur les rivalités existant alors entre les doges et les membres de l'ordre secret qui se dissimulait au sein de l'archiconfrérie de la Scuola di San Rocco.

A bientôt,

W.J.

8

Juillet 1566.

La Sala dell'Albergo de la Scuola di San Rocco est plongée dans un profond silence. Seuls les pas de Jacopo Robusti, qui s'éloigne régulièrement de son œuvre pour l'apprécier dans sa totalité, résonnent parfois dans l'immense palais. Le peintre achève la première grande toile que lui a commandée l'archiconfrérie. Il se rapproche, retouche le contour d'un visage, puis s'éloigne de nouveau de quelques mètres. Puis il revient encore pour rehausser un ton de rouge sur un drapé. Après des heures de ce va-et-vient incessant, il semble enfin satisfait. Il pose ses couleurs et ses pinceaux, s'essuie les mains sur son tablier et regarde sa toile en silence. Sur la droite, une source de lumière vient éclairer le corps du Christ qui se tient debout, face à Pilate. Dans le fond, en contrebas, se presse une foule anxieuse, contenue par un soldat. Le drame se joue ici dans le regard. Le Messie, vertical, tout de blanc vêtu, superbe dans sa dignité et sa réserve, regarde vers le bas, tandis que son juge détourne les yeux, incapable de supporter une telle source lumineuse.

– Signor Tintoretto, je suppose ?

La voix vient de déchirer le silence. Jacopo se retourne brusquement et se trouve face à un homme de haute taille, portant l'épée à la ceinture et dont la fine barbe noire souligne les reliefs d'un visage sec et anguleux. Le regard de l'homme, ignorant tout d'abord Jacopo, reste fixé sur l'œuvre que celui-ci vient à peine d'achever.

– Compliments, maître, cette toile est véritablement impressionnante, cela me fait penser à un Vittore Carpaccio, l'un des plus grands peintres que notre glorieuse République ait produit, n'est-ce pas ?

– Oui, je vous l'accorde. Carpaccio fut un très grand maître, mais pourquoi vouloir comparer mon œuvre à celle d'un autre peintre ?

– Vous avez raison, votre toile est unique. Il y a là une telle tension dramatique, une telle force, une telle souffrance dans le regard du Christ. Et votre Pilate est lui aussi criant de vérité ; il me semble même l'entendre dire, selon la version de Matthieu : *Je ne suis pas responsable de ce sang, à vous de voir.*

– Je vous remercie, signor, d'apprécier ainsi ma toile, mais à qui ai-je l'honneur ?

– Pardonnez-moi de ne m'être pas présenté, je m'appelle Francesco Rista, je travaille au service de la République de Venise et je suis venu tout spécialement pour m'entretenir avec vous.

– Parlez, je vous écoute.

– Non, pas ici. Voyez-vous, à la Scuola di San Rocco, les murs ont des oreilles. Accompagnez-moi plutôt au palais ducal où nous aurons tout le loisir de converser.

– Je n'y tiens pas du tout, répond Jacopo sèchement, j'ai encore beaucoup de travail ici.

À cet instant, l'homme, qui n'a visiblement pas l'habitude d'être contredit, durcit soudainement les traits de son visage et s'emporte en haussant la voix :

– Vous ignorez sûrement que les pleins pouvoirs m'ont été conférés par le Sénat, par le Grand Conseil et par le doge lui-même. Votre choix est donc simple : vous me suivez ou bien je vous fais moisir dès aujourd'hui dans les cachots de la République.

Jacopo, contrarié, détache son tablier, s'empare de sa cape et de son chapeau, puis descend d'un pas nerveux l'escalier de la Scuola. Une fois dehors, les deux hommes se dirigent vers le pont du Rialto, puis, sans s'adresser la parole, vers le palais des Doges qu'ils atteignent enfin. Jacopo, observant Francesco Rista qui le devance de quelques pas, remarque que la main droite de ce dernier n'a pas quitté un seul instant la poignée de l'épée qu'il tient à la ceinture. « Sans doute cette arme le rassure, pense alors le peintre, à moins qu'il ne soit toujours ainsi sur ses gardes par peur d'une soudaine embuscade… »

Une fois la Porta della carta franchie, l'homme engage Jacopo à traverser la vaste cour intérieure puis à emprunter l'escalier vers les étages supérieurs. Une grande animation règne alors dans le palais des Doges. Au premier étage, une foule bruyante se presse devant la Sala dell'Avogaria et la Sala dei Provveditori della milizia da mar.

Poussant alors les portes de la salle du Sénat, l'homme propose à Jacopo de prendre place sur un banc de bois finement décoré. S'asseyant lui aussi, en face du peintre, sur une chaise réservée habituellement aux sénateurs, il interroge enfin Jacopo.

– Vous avez sûrement remarqué la magnificence des salles que nous venons à l'instant de traverser ? Eh bien voyez-vous, mon travail au service de la République consiste justement à garantir l'autorité des membres qui siègent et travaillent dans ce palais. Et ce n'est pas chose facile car leur pouvoir et leurs prérogatives sont aujourd'hui contestés au sein même de la cité par une société secrète qui entend s'immiscer dans le gouvernement de Venise. Vous me suivez, n'est-ce pas, signor Tintoretto ?

– Je vous suis, mais je ne vois pas en quoi cette affaire me concerne, répond le peintre sèchement.

– Elle vous concerne, car vous avez accepté, comme j'ai pu le constater de mes yeux, de décorer l'ensemble des murs de la Scuola di San Rocco, et vous travaillez par conséquent, en toute innocence sans doute, au cœur du palais vénitien qui abrite les membres de la société secrète dont je vous parlais à l'instant.

– Mais cela est impossible, s'emporte alors Jacopo, les membres de la Scuola di San Rocco sont tous d'honnêtes citoyens, de simples patriciens qui se vouent à la charité, à la piété et à la bienfaisance.

– Vous avez raison... vous avez même tout à fait raison... Cependant, parmi les membres dont vous parlez, certains, plus riches que d'autres, aveuglés par leur piété et leur ambition pour la République, ont secrètement constitué l'ordre des Missionnaires du lion, une organisation qui a déjà coûté la vie à plusieurs de mes hommes qui enquêtaient à son sujet. Voilà pourquoi, aujourd'hui, la priorité du gouvernement est de démanteler cet Ordre. Pour cela, nous devons absolument mettre la main sur leur charte, qui constitue le seul document en mesure de prouver leur existence. Mais les Missionnaires du lion, terme par lequel ils se désignent, la révèrent par-dessus tout et aucun des hommes qui travaillent à mon service n'a encore réussi à s'en saisir. Tous ceux qui l'ont approchée l'ont payé de leur vie. Nous ne savons que peu de choses à son sujet, si ce n'est qu'il s'agirait d'un document brodé entièrement au fil d'or. Si vous apprenez quelque chose à ce sujet, je vous invite à revenir ici même m'en informer au plus tôt. Et n'oubliez jamais que l'existence et la survie de l'ordre des Missionnaires du lion repose sur le secret le plus absolu qui entoure cette pièce. Soyez sur vos gardes car s'il vous arrivait de poser vos yeux dessus, votre vie serait immédiatement menacée et je serais votre seule chance de survie. Si maintenant vous avez quelque chose à me dire, je vous écoute.

– Je n'ai rien à vous dire, et j'ignorais tout de l'existence de l'ordre des Missionnaires du lion et de leur charte avant que vous ne m'en parliez. Et pour ce qui est des informations, je n'en aurai aucune car, comme vous l'avez constaté par vous-même, je ne suis qu'un peintre. Un simple peintre au service de ses commanditaires. Maintenant, si vous ne vous y opposez pas, j'aimerais retourner à mon travail. J'ai suffisamment perdu de temps pour aujourd'hui. Puis-je disposer ?

– Il me serait possible de vous retenir ici le temps qu'il me plairait, mais comme vous êtes désormais l'un des peintres les plus en vue de Venise, votre séquestration m'obligerait à rendre des comptes, et c'est précisément ce que je veux éviter.

Sans même attendre la fin de la réponse de son interlocuteur, Jacopo se lève et se dirige, sans un salut, vers les portes de la salle du Sénat. Francesco Rista, resté assis, passe longuement sa main sur son menton d'un air songeur en regardant s'éloigner le peintre. « Quel drôle d'individu, se dit-il. Voilà un artiste qui ne vit véritablement que parmi les personnages qu'il peint sur ses toiles... Les affaires des hommes en chair et en os ne l'intéressent pas vraiment... Toutefois, cet homme-là est curieux de nature, et il pourrait bien me conduire vers ce que je cherche sans même s'en apercevoir. »

De : Alessandro Baldi
À : W.Jeffers@st-able.usa
Objet : Un film d'Edith Deville

Cher professeur,

Je vous serais en effet très obligé de bien vouloir faire des recherches au sujet de l'existence de la société secrète qui se dissimulait autrefois au sein de la Scuola di San Rocco. Je suis parfaitement conscient de suivre une piste qui nous ramène plus de cinq siècles en arrière, mais certains aspects de cette affaire semblent délibérément échapper à toute logique. Je vous abandonne donc pour l'instant à vos recherches historiques car je dois aller interroger des témoins qui ont aperçu Edith Deville, quelques heures à peine avant sa mort, alors qu'elle quittait son hôtel et se dirigeait vers la ligne 1 du vaporetto en compagnie d'un homme qui s'avère être notre unique suspect.

Par ailleurs, mes services ont demandé à tous les groupes de touristes, présents le soir même de la mort de la jeune femme, de bien vouloir nous prêter les enregistrements vidéo effectués à proximité du Rialto et du Fondaco dei Tedeschi. Si la chance nous sourit, peut-être apercevrons-nous les traits de ce mystérieux inconnu qui accompagnait la jeune femme peu avant sa mort.

N'oubliez pas de vous reposer suffisamment, je ne voudrais pas me sentir responsable, par le travail que je vous demande, de l'élévation de votre tension et des remontrances de votre infirmière...

A bientôt,

A.B.

De : William Jeffers
À : A.Baldi@questura-veneto.it
Objet : Le trésor des Missionnaires du lion

Cher inspecteur,

Il y a bien longtemps que ma bibliothèque personnelle n'avait connu un tel désordre : je viens en effet de passer ces dernières vingt-quatre heures parmi les vieux grimoires de mes rayons consacrés au XVIe siècle italien.

Le premier résultat de mes recherches a été de me faire vertement sermonner par miss Harris, l'infirmière dont je vous parlais dernièrement – pour vous dire la vérité, la jeune femme a l'intention de faire de moi le premier centenaire de sa clientèle, mais il faut avouer que je lui donne parfois du fil à retordre. Toutefois, mes efforts n'ont pas été vains car j'ai enfin retrouvé la trace, dans un ouvrage d'Alessandro Caravia, imprimé pour la première fois à Venise en 1541, d'une société secrète baptisée l'ordre des Missionnaires du lion, composée de fanatiques religieux enrichis qui se seraient alors dissimulés parmi les membres de la Scuola di San Rocco. La seule preuve matérielle de l'existence de cet Ordre secret résidait dans leur charte, qui, outre le fait d'énoncer les engagements solennels de leurs membres, faisait mention de l'emplacement d'un mystérieux trésor.

Cependant, malgré mes recherches, je ne pourrai pas vous en dire davantage sur cet énigmatique document car les archives historiques elles-mêmes n'y font aucune allusion. Quant à Alessandro Caravia, l'auteur de l'unique ouvrage qui évoque l'existence de cette charte, il ne put jamais poursuivre son enquête car il fut dénoncé et condamné par la Sainte

Inquisition pour avoir publié des livres interdits. Nul donc, à ce jour, n'a semble-t-il jamais plus entendu parler de l'ordre des Missionnaires du lion ni de leur mystérieuse charte.

En espérant toutefois vous avoir été utile,

Cordialement,

W.J.

9

Août 1569.

Après avoir quitté sa toile, ses pinceaux et ses couleurs à la Scuola di San Rocco, les pas de Jacopo l'ont conduit, ce soir-là, sur un banc de la riva dei Schiavoni. Son regard, usé par une journée entière de travail, se perd à l'horizon. Son esprit est ce qu'en fait la mer, il se meut simplement au rythme des vagues qui viennent battre le quai. Parfois, Jacopo ferme les yeux et respire à pleins poumons cet air frais, venu du large, qui nettoie son cerveau embrumé par les pigments et les essences qu'il inhale depuis son plus jeune âge. Le jour s'achève lentement. L'œil du peintre s'attarde à présent sur les couleurs du ciel : juste au-dessus de l'horizon, du jaune, du blanc et de l'orangé se superposent en minces lignes horizontales. Un peu plus haut, les premiers tons de bleu s'arrondissent autour de lourds nuages. Plus haut encore, ce sont de grosses nuées noires qui laissent filtrer cette fois quelques rayons rougeâtres. « Le voilà... se dit Jacopo, le voilà ce ciel que je cherchais pour ma *Montée au calvaire.* Voilà un ciel qui dit l'angoisse, mais voilà un ciel qui dit l'espoir aussi ; c'est ce ciel-là que je dois peindre. » Sans plus attendre, tandis que la nuit descend peu à peu sur la ville, Jacopo s'en retourne à son travail au sein de la Scuola. « Tant pis pour la lumière du soleil, je travaillerai à la lueur des chandelles. »

Lorsque le peintre arrive à la hauteur du campo dei Frari, il fait désormais tout à fait nuit. Les lourds nuages noirs qui pesaient tout à l'heure sur l'horizon ont à présent envahi le ciel tout entier. Cependant, malgré l'obscurité, Jacopo devine une silhouette, enroulée dans une cape noire, qui se dirige vers la Scuola di San Rocco et y pénètre. Intrigué, le peintre ralentit le pas et aperçoit alors une nouvelle ombre qui prend, elle aussi, le chemin de la Scuola, très tôt suivie par d'autres encore qui se faufilent dans le palais. « Aucune lumière, s'étonne alors Jacopo, ne s'échappe des fenêtres. Ces hommes demeurent-ils donc dans le noir ?... » Après un instant d'hésitation, il se dirige à son tour vers la Scuola dont il possède la clef.

Une fois à l'intérieur, pas un bruit, pas une lumière ne vient troubler la sérénité des lieux. Surpris de ne voir âme qui vive, Jacopo, qui vient d'allumer un chandelier, gravit le grand escalier, traverse la Sala Grande Superiore, déserte elle aussi, et se retrouve enfin dans la Sala dell'Albergo. Où sont passés les hommes qu'il a vus entrer dans la Scuola il y a un instant à peine ?

« Probablement ressortis par une porte dont j'ignore l'existence », pense le peintre, qui, cessant alors de s'interroger, se dirige à présent vers sa *Montée au calvaire.*

À la lueur des bougies qu'il déplace le long de son œuvre, il en éclaire chacune des parties, plongeant le reste de la toile dans la pénombre. Au premier plan, les condamnés suivent un chemin escarpé, faiblement éclairé ; plus haut, le Christ, courbé par la fatigue, porte la croix la plus lourde ; son corps est drapé de rouge et de bleu. Derrière lui, un soldat, arborant une bannière qui claque au vent, contient la foule qui se presse déjà autour des condamnés. « Tous mes personnages sont là, se dit Jacopo, il ne me reste plus qu'à peindre le ciel, ce ciel qui devra donner la tonalité dramatique. »

Alors qu'il met la main sur son pinceau, Jacopo entend un faible bruit derrière lui. Au début il n'y prête guère attention, mais les rumeurs se répètent : craquements, bruits de pas, voix étouffées. Tenant d'une main son chandelier, le peintre quitte sa toile pour examiner lentement les parois de la Sala dell'Albergo et aperçoit un infime rai de lumière qui provient des boiseries. Il souffle ses bougies, s'approche sans bruit, appuie sa main sur l'un des panneaux de bois qui pivote tout à coup sur lui-même pour s'ouvrir sur un étroit escalier qui descend devant lui. Par prudence, Jacopo ne s'y engage pas, mais maintenant qu'il demeure parfaitement immobile, il perçoit très distinctement des voix d'hommes qui s'élèvent d'une pièce située en contrebas.

Combien sont-ils ? Il est impossible pour lui de l'estimer avec exactitude, mais les conversations entremêlées que perçoit Jacopo sont celles d'un groupe d'une douzaine de personnes au moins. Soudain, quelqu'un demande le silence avec autorité.

– Nous avons eu fort à faire, depuis notre dernière assemblée, pour échapper aux espions dépêchés par le doge et son gouvernement. Pour l'instant, fort heureusement, aucun de ces hommes n'a encore réussi à nous identifier. Tous ceux qui ont osé s'approcher de nous l'ont payé de leur sang, car je vous rappelle que la survie de notre Ordre repose sur le secret le plus absolu qui l'entoure, et nous sommes contraints d'éliminer tous ceux qui risquent de dévoiler au grand jour nos activités. En cela n'ayez aucun scrupule, car nous œuvrons tous pour la grandeur de Dieu et de sa Sainte Église ; lorsque nous donnons la mort, c'est le Seigneur tout puissant qui arme notre bras du glaive de la Justice. Car en Dieu et en l'ordre des Missionnaires du lion nous avons foi. Sachez enfin que pour nous préserver des espions du gouvernement de la République, j'ai dû mettre en lieu sûr notre charte, qui est, je vous le rappelle, l'unique document sur lequel figure l'emplacement de notre trésor. Seul mon fidèle serviteur, le gardien de la Scuola, et moi-même savons où elle se trouve. Dans dix années, lorsque le moment sera venu de désigner un nouveau Maître de l'ordre des Missionnaires du lion, je dévoilerai le secret de son emplacement à mon successeur qui demandera au nouveau gardien de la Scuola de veiller dessus. À son tour, le nouveau Maître de l'Ordre ne dévoilera le secret de la charte qu'à son successeur, dix ans plus tard. Ainsi se poursuivra, durant les siècles à venir, la vie de l'ordre des Missionnaires du lion, bien après notre disparition à tous. Mais, pour l'instant, je laisse la parole à deux de mes ministres qui désirent s'exprimer.

Après un bref silence, Jacopo, de son emplacement, perçoit une nouvelle voix qui s'élève jusqu'à lui. Il s'interroge, se demande s'il doit demeurer à sa place, car il craint à chaque instant d'être découvert. Cependant, le désir de savoir est le plus fort. S'il tremble en écoutant la détermination de ces hommes, il ne peut toutefois se résoudre à partir lorsqu'il entend une nouvelle fois parler de cette mystérieuse charte.

– Comme vient de le dire notre Maître, notre charte a dû être cachée en lieu sûr et aucun d'entre nous ne pourra plus poser les yeux dessus. C'est donc l'occasion de nous rappeler les engagements qui figurent sur ce document et auxquels nous avons tous prêté serment le jour de notre intronisation. Et, pour cela, j'aimerais vous parler de la peste. De la grande peste. Non pas celle qui, par le passé, a décimé un grand nombre de nos concitoyens, mais de cette nouvelle peste, plus insidieuse, que représente l'intrusion des étrangers dans les affaires de la cité. Qu'ils soient turcs, portugais, français, génois ou lombards, nous voyons tous aujourd'hui ces hommes venir installer leurs comptoirs commerciaux, leurs ateliers ou leurs banques dans les propres murs de notre ville. Mais, pire encore, voici maintenant que des peintres, des architectes ou des sculpteurs s'en viennent façonner Venise à leur guise, encouragés en cela par le gouvernement de la République qui prétend honorer le talent avant d'honorer les propres descendants de ceux qui ont construit la grandeur de la Sérénissime. Je vous rappelle que l'ordre des Missionnaires du lion devra rétablir la justice et interdire, quel qu'en soit le prix ou le sang à verser, que Venise ne tombe dans des mains étrangères. Car nous seuls, Vénitiens, descendants des combattants de la quatrième croisade, avons hérité de la mission de veiller sur le trésor autrefois ramené de Constantinople.

À cet instant, la voix se tait, et un nouvel orateur prend la parole.

– Si Venise ne doit pas tomber sous le joug d'une puissance étrangère, je vous rappelle aussi qu'elle ne doit pas non plus se détourner de la vraie religion de notre sainte mère l'Église. Nous ne pouvons accepter qu'une autre religion règne sur la cité qui abrite le plus précieux des trésors des croisés. Soyez vigilants, car de nouvelles doctrines, qui proviennent le plus souvent des cités du Nord, infectées d'hérésie, sont en train de s'installer au cœur même de Venise, pour se moquer des dogmes qui sont les nôtres et professer de fausses croyances. Si le gouvernement de la République tolère ce fait, nous ne devons avoir de cesse de combattre ces idées et ceux qui les répandent en les dénonçant au tribunal de la Sainte Inquisition. Si ce dernier se laisse abuser ou fait preuve de faiblesse dans son jugement, nous saurons alors rendre justice à Dieu par les moyens qui sont les nôtres. Car la cité qui abrite le trésor historique de la quatrième croisade ne peut en aucun cas échapper au règne de notre seigneur Dieu, et nous en sommes les garants.

À peine ces derniers mots sont-ils prononcés que Jacopo entend des bruits de pas se diriger vers lui. Il comprend alors qu'il est temps d'abandonner son emplacement, de faire de nouveau pivoter la porte sur elle-même et de quitter au plus tôt les murs du palais. Une fois à l'extérieur, Jacopo s'éloigne rapidement de la Scuola di San Rocco et, sûr à présent que sa présence n'a pas été remarquée, se dissimule, à la faveur de la nuit, dans les ruelles qui bordent le campo dei Frari.

De : Alessandro Baldi
À : W.Jeffers@st-able.usa
Objet : Profil du suspect

Cher professeur,

Jamais je ne pourrai assez vous remercier pour votre précieuse collaboration. Mais, de grâce, reposez-vous un peu à présent, et suivez les conseils de miss Harris.

De mon côté, sachez que j'ai pu compter sur l'aide que m'a apporté le tourisme de masse en la personne d'une jeune vacancière japonaise. Cette dernière, en filmant, à partir du vaporetto de la ligne 1, le Grand Canal le soir même de la mort d'Edith Deville, m'a en effet permis de visionner des images vidéo sur lesquelles j'ai pu formellement identifier la jeune universitaire française, quelques instants avant sa mort. Malheureusement, la personne qui l'accompagnait ce jour-là n'a jamais été filmée de face. Toutefois, sa silhouette est celle d'un homme d'une quarantaine d'années tout au plus, de taille moyenne et vêtu de façon élégante.

Je ne vous cache pas que l'âge présumé de mon suspect m'a surpris car il est bien trop jeune pour pouvoir être impliqué dans les précédentes disparitions des professeurs Darmington en 1934 et Zampiero en 1962. Cependant, je persiste à croire que ces trois affaires sont liées.

Prenez soin de vous,

A.B.

De : William Jeffers
À : A.Baldi@questura-veneto.it
Objet : Fin de la piste historique ?

Cher inspecteur,

Notre principal suspect n'est donc pas un fantôme sorti tout droit du XVIe siècle, pas plus qu'il n'est un personnage descendu d'une toile du Tintoret. La réalité vient-elle mettre un terme à votre piste historique ? J'en serais bien désolé car je me passionnais réellement pour ces recherches qui m'ont permis de me replonger dans une époque si riche et si pleine de mystères que j'en ai presque retrouvé une seconde jeunesse.

Toujours à votre disposition,

W.J.

10

– Mais c'est ce cher professeur Darmington ! Comme Venise est petite !

– Pardonnez-moi monsieur, mais comment connaissez-vous mon nom ?… Oh, mais bien sûr, veuillez m'excuser, je ne vous ai pas reconnu tout de suite ; vous comprenez, dans ces vêtements-ci… et de plus, à l'air libre, confortablement installé à cette terrasse de café…

– Ce n'est rien, je comprends ; mais pour vous faire pardonner, acceptez donc de vous asseoir un instant avec moi, je vous offre un verre.

L'homme accompagne alors sa proposition d'un large sourire et, d'un geste de la main, il désigne la chaise libre à côté de lui. La terrasse du café du campo San Lorenzo n'a que très peu de clients en ce dimanche après-midi du mois d'octobre 1934. Sans doute les Vénitiens redoutent-ils la menace que les lourdes nuées noires provenant de la Terre Ferme commencent à faire peser sur la ville. Comme Paul Darmington s'assied, l'homme interpelle aussitôt le serveur par son nom, passe commande, allume une cigarette et en propose une au professeur anglais qui décline l'offre d'un simple geste de la main.

Après avoir refermé son briquet qu'il range soigneusement dans la poche de sa veste, l'homme dit :

– C'est un honneur pour moi de m'entretenir seul à seul

avec vous. Voilà dix jours que vous êtes à Venise, dix jours que je vous salue tous les matins, et je n'ai toujours pas trouvé le temps de vous dire combien j'admire les travaux que vous êtes en train d'effectuer sur les toiles de San Rocco.

– Vous me faites bien trop d'honneur, cher monsieur. Gardez plutôt vos louanges pour les scientifiques qui ont élaboré les instruments et les produits dont je me sers ! Mon mérite personnel, en somme, consiste simplement à appliquer à l'art pictural les dernières avancées de la science.

– Vous êtes bien trop modeste, professeur, car enfin, sans vos connaissances en matière d'art et d'histoire, toutes les découvertes scientifiques ne vous mèneraient à rien. Sachez que je vous tiens personnellement pour l'un des plus grands historiens de l'art de notre époque. Il n'est pour s'en convaincre qu'à se rappeler qu'il y a encore quelques jours vous avez su, dès les premiers résultats d'analyse connus, affirmer avec certitude d'où provenaient les couleurs qu'employaient, il y a quatre cents ans, les plus grands maîtres vénitiens. Il s'agissait bien, n'est ce pas, de l'orpiment qui était, dès le XVIe siècle, importé de Byzance ?

Paul Darmington, surpris de constater l'exactitude des connaissances de son interlocuteur, semble soudain considérer celui-ci avec davantage d'intérêt :

– Mais tout à fait, je vois que vous vous intéressez aussi à l'histoire de la peinture !

– Vous savez, je partage moi aussi, en quelque sorte, l'intimité des grands maîtres de la Renaissance.

À cet instant, l'homme jette un bref coup d'œil autour de lui, pour s'assurer de ne pouvoir être entendu par une tierce personne ; il incline légèrement la tête vers le professeur anglais puis continue à voix basse :

– Voyez-vous, si je m'intéresse à la question, c'est qu'il y a quelques années de cela, j'ai mis la main, parmi les nombreux secrets qui reposent dans les greniers des palais vénitiens, sur un coffret hermétique contenant une poudre jaune vif, miraculeusement conservée, et qui pourrait bien avoir appartenu à un peintre d'un lointain passé. Sans doute cette découverte vous intéresse-t-elle ?

Paul Darmington est à présent captivé par son compagnon. Sans même s'en apercevoir, il s'approche de celui-ci, lui saisit le bras qui repose sur son accoudoir et lui dit, sans prendre la peine de baisser la voix :

– Mais c'est peut-être là une découverte passionnante ; imaginez un instant qu'il s'agisse bien d'orpiment à l'état pur qui nous vient tout droit du XVIe siècle… ce serait d'un intérêt capital pour l'histoire de l'art. Vous rendez-vous compte qu'il serait alors possible de connaître pour la première fois la tonalité et la matière telles que les travaillaient un Titien ou un Tintoret, et voir le résultat ainsi produit sur une toile ? Où puis-je voir cette poudre dont vous me parlez ? Si vous me laissez le loisir d'y accéder, il ne me faudra que très peu de temps pour l'analyser.

– Mais rien n'est plus facile, professeur Darmington. Comme je vous le disais, Venise est une petite ville, et si vous voulez bien m'accompagner, vous pourrez voir ce trésor dans quelques minutes à peine.

Comme les deux hommes se lèvent, un interminable grondement de tonnerre retentit dans les ruelles de Venise. Paul Darmington, le regard inquiet, scrute le ciel tout en relevant sur sa nuque le col de sa veste, pour se préserver des premières gouttes de pluie. Les deux hommes, pressant le pas pour échapper à la menace imminente de l'orage, suivent alors, en direction de la Lagune, le rio Santa Giustina. Les eaux de ce canal, qui ce matin encore reflétaient les ocres jaunes et rouges des palais qui le bordent, ne sont plus qu'un long chemin noir qui renvoie de temps à autre l'image d'un éclair violet déchirant le ciel. Au moment précis où une pluie violente se décide enfin à s'abattre sur la cité, l'homme s'arrête devant une demeure ancienne. Il ouvre la lourde porte de bois sculpté.

– Donnez-vous la peine d'entrer, professeur… Voilà, très bien, maintenant, si vous voulez bien me suivre, le coffret dont je vous ai parlé se trouve dans mon atelier, au dernier étage… Ça y est, nous y sommes, où ai-je bien pu le mettre… Ah ! le voilà… Tenez, je vous laisse l'observer.

Paul Darmington se saisit du coffret qu'il pose tout d'abord sur une table, puis il retire sa veste, retrousse les manches de sa chemise, ajuste délicatement ses lunettes sur son nez et soulève le couvercle avec d'infinies précautions. Le professeur examine longuement la poudre jaune ; lentement, il l'approche de son nez afin d'en reconnaître l'odeur. Les traits de son visage se durcissent imperceptiblement. Il plonge alors sa main au cœur de la substance, frotte plusieurs fois ses grains fins entre ses doigts puis interpelle l'homme qui l'a conduit jusqu'ici, tout en le cherchant du regard dans la vaste pièce :

– Qu'est-ce que cela signifie, il s'agit bien sans doute d'orpiment mais, d'après son aspect, il ne remonte probablement qu'à quelques années tout au plus. Allez-vous m'expliquer à la fin… mais où êtes-vous donc… Monsieur… Monsieur ?

Un coup violent vient d'être porté sur le sommet du crâne du professeur. Son corps devient soudain très lourd. Autour de lui, une foule, figée dans ses mouvements, est déjà là qui l'observe en silence. Les hommes, tous drapés de blanc ou de rouge, laissent entrevoir des corps musculeux. Des femmes, nues, sont couchées à même le sol, dans un empâtement d'ombres brunâtres ; tout près d'elles coule une rivière dont le cours se perd à l'infini. Soudain, un cheval, sorti de nulle part, se cabre devant lui dans une explosion de lumière ; sur son dos se tient, immobile, un cavalier portant une armure étincelante. Lorsqu'il relève les yeux, Paul Darmington entrevoit des formes vivantes dans les cieux. Ce sont des corps humains qui volent tout en prenant parfois appui sur de gros et moelleux nuages blancs ; leurs visages sont auréolés d'une douce lumière dorée. Mais voilà que la rumeur de l'orage se fait plus menaçante. Il entrevoit un éclair, entend le claquement sec de la foudre, la pluie qui se met à tomber avec une rare violence ne semble pas l'atteindre. Elle se met à couler à flot sur tous les personnages qui l'entourent, lesquels perdent peu à peu leur forme et leur couleur pour ne devenir qu'un fin ruissellement jaunâtre sur les reliefs de son visage. Ce qui était encore il y a un instant des formes humaines n'est plus qu'une pâte liquide qu'il est en train d'avaler malgré lui.

Au sortir de son rêve, alors qu'il reprend peu à peu ses esprits, le professeur Darmington s'aperçoit qu'il est couché à terre. Il voudrait toucher son crâne qui le fait souffrir, mais ses mains sont ligotées dans son dos. De sa bouche s'échappe un liquide dont le goût amer le fait grimacer. Il relève les yeux et découvre, assis en face de lui, l'homme qu'il a rencontré à la terrasse du café :

– Pourquoi, pourquoi ? lui demande-t-il d'une voix faible, pourquoi vous en prendre à moi ? Pourquoi moi ?

– Nous n'avons rien contre vous, mister Darmington, lui répond l'homme en portant une cigarette à ses lèvres. Simplement, vous avez vu ce que vous n'auriez jamais dû voir. Et notre règlement face à pareil cas est tout à fait clair. Immuable. Il s'applique de la même manière depuis plusieurs siècles. Voyons, professeur, vous rendez-vous compte?… Un secret si bien gardé depuis si longtemps, et vous, vous arrivez à Venise et vous découvrez tout en quelques jours!

– Que m'avez-vous fait boire? demande Paul Darmington d'une voix de plus en plus faible.

– Vous me décevez, professeur, un savant tel que vous, spécialiste de l'analyse scientifique des tableaux, aurait dû reconnaître le goût de l'orpiment dont nous nous entretenions tout à l'heure. Et ce n'est tout de même pas à vous que je vais apprendre que si cette substance était d'un usage courant dans la peinture de la Renaissance, elle n'en demeure pas moins du sulfure naturel d'arsenic. Vous pouvez toujours vous consoler en vous disant que vous aurez eu une mort que je qualifierai d'artistique.

En prononçant cette dernière phrase, l'homme se lève de sa chaise, écrase sa cigarette sur le sol et détache sa victime à présent immobile. Il lui essuie soigneusement la bouche, glisse une pièce brillante dans la pochette de son veston, puis descend l'escalier en parlant tout haut.

– Quelle surprise cela va être à San Rocco, lorsqu'ils vont apprendre que le célèbre Paul Darmington est mort d'un arrêt du cœur. Sans doute diront-ils qu'il travaillait trop sur les toiles de maître et qu'il a fini par y laisser sa santé…

De : Alessandro Baldi
À : W.Jeffers@st-able.usa
Objet : Ducat d'or de 1203

Cher professeur,

Ne désespérez pas encore de me voir poursuivre la piste historique car si notre, ou plutôt nos assassins présumés, ne sortent pas tout droit d'un décor de la Renaissance, sachez toutefois que le ducat d'or qui a été déposé chaque fois dans le vêtement des victimes est bel et bien une pièce du XIIIe siècle. Si les meurtres des professeurs Darmington, Zampiero et de la jeune universitaire française ont vraisemblablement été commis par des personnes différentes, la signature des crimes est quant à elle identique car les pièces retrouvées sur les trois corps portent toutes la même date de 1203, et ont toutes été authentifiées.

Voyez-vous, les indices sont bien maigres : trois vieilles pièces en or qui nous conduisent à l'étude d'un peintre vénitien de la Renaissance. Je ne vous cache pas que j'ai parfois bien peur de voir le dossier criminel d'Edith Deville rejoindre, au sein des archives classées sans suite de la police de Venise, ceux de Paul Darmington et de Marco Zampiero.

Cordialement,

A.B.

De : William Jeffers
À : A.Baldi@questura-veneto.it
Objet : Et si l'Ordre existait toujours ?

1203 ? Vous m'écrivez que les ducats d'or sont datés de l'année 1203 ? Sachez, inspecteur, que pour un vieil historien comme moi, il est des dates qui en disent davantage qu'un long discours. Car c'est cette même année que Constantinople tomba aux mains des combattants vénitiens de la quatrième croisade, annonçant ainsi l'hégémonie commerciale et religieuse de la République de Venise. Et c'est justement en 1203, si j'en crois les vieux grimoires dont je vous ai déjà parlé, qu'aurait été créé, suite à la prise de Constantinople, l'ordre des Missionnaires du lion. Un ordre composé de soldats, de financiers et de fanatiques religieux désirant veiller sur le trésor des croisés d'une part et, forts de cette richesse, préserver d'autre part l'autorité religieuse et politique de la Sérénissime.

En ce qui concerne la remise d'un ducat d'or à un corps sans vie, il existe une explication historique qui remonte à l'apparition de la peste à Venise et qui devrait sans doute vous convenir. Fidèles aux préceptes de l'Église, les membres de cette société secrète semblaient avoir pour obligation de poser une pièce sur le corps des pestiférés afin de leur permettre d'avoir une sépulture chrétienne et qu'une messe soit dite en leur nom. De nombreux témoignages de cette époque confirment aussi qu'au plus fort de leur rivalité avec le gouvernement officiel de la République, les membres de l'ordre des Missionnaires du lion, pour narguer les doges en leur montrant que leur fortune était sans limites, remettaient aux cadavres qui encombraient les hospices et même à ceux de leurs ennemis politiques assassinés, une pièce d'un ducat d'or frappée de la date de la création de l'Ordre.

Maintenant, inspecteur, si des pièces similaires ont été retrouvées sur des cadavres en 1934, 1962 et encore le mois dernier, il faut considérer l'hypothèse que des nostalgiques de l'ordre des Missionnaires du lion ont ressuscité cette société secrète. Ou, mieux encore, que l'Ordre n'a jamais cessé d'exister depuis sa création, protégeant encore aujourd'hui son mystérieux trésor.

Cordialement,

W.J.

11

En s'éveillant, ce matin du 18 août 1569, Jacopo ne pense pas tout de suite à la toile qu'il est en train de peindre à la Scuola di San Rocco, ainsi qu'il le fait habituellement. Quelque chose occupe davantage encore son esprit : les conversations qu'il a surprises, la veille au soir, en poussant la porte dérobée de la Sala dell'Albergo.

Nul doute pour lui qu'il s'agissait là d'une réunion de l'ordre des Missionnaires du lion dont lui avait parlé Francesco Rista. Mais si ce dernier prétendait être à la recherche de la charte d'une société secrète composée de fanatiques religieux et de citoyens soucieux de la grandeur de Venise, il n'avait jamais fait allusion à ce mystérieux trésor de la quatrième croisade dont l'Ordre se disait le gardien. L'enquêteur au service de la République ignorait-il ce fait ou bien avait-il préféré ne pas le mentionner ? Et de quelle nature pouvait bien être ce trésor ?

L'esprit rempli de ces interrogations, Jacopo sort de chez lui et se dirige vers le quartier des imprimeurs. Cependant, alors qu'il passe le coin de la calle Riello, il ignore qu'il est suivi de loin par une ombre qui se dissimule sous l'arcature d'un palais et qui aperçoit le peintre pénétrer chez un marchand de livres.

– Bonjour signore, puis-je vous aider dans votre recherche ? demande à Jacopo un vieux marchand soupçonneux qui, du fond de son échoppe, aperçoit le peintre examiner les ouvrages entassés sur les tables.

– Oui, je cherche des chroniques historiques évoquant la quatrième croisade.

– Ah, je vois que vous êtes, vous aussi, un nostalgique de la grandeur passée de notre cité, de cette époque bénie où les villes d'Orient et d'Occident tombaient toutes sous le joug des navires et des armées vénitiennes. Ces ouvrages sont très demandés et j'en possède de nombreux qui font le récit détaillé des conquêtes que la Sérénissime a accompli au nom de Dieu.

Tout en conversant ainsi avec Jacopo, l'homme referme précautionneusement à clef la pièce dans laquelle il se trouvait et disparaît dans une salle sombre, attenante à son échoppe, d'où il revient avec un très vieux livre recouvert de poussière et gonflé par l'humidité. En le posant sur le peu de place libre qui reste encore sur la plus grande table de sa boutique, il relève la tête et dit fièrement :

– Voici ce qu'il vous faut. Pour deux ducats d'argent, vous avez là une excellente traduction de l'*Histoire de la conquête de Constantinople* de Geoffroi de Villehardouin, un chroniqueur français qui fut le témoin de la quatrième croisade.

Jacopo examine l'ouvrage, d'où s'échappe une forte odeur de moisissure, et en tourne les premières pages en silence. Puis il referme brusquement le lourd volume qu'il prend sous le bras, et tend au marchand les deux pièces d'argent.

Mais, alors qu'il s'apprête à franchir le seuil de la librairie, Jacopo se trouve nez à nez avec un homme de grande taille, tenant la poignée de son épée dans sa main, que le peintre n'a aucun mal à reconnaître.

– Quelle surprise, signor Tintoretto, de vous voir ici, dans le quartier des libraires et des imprimeurs. Je vous savais peintre, on vous dit également un peu musicien, mais j'ignorais que vous vous intéressiez aussi à l'histoire.

– Sachez, signor Rista, répond Jacopo contrarié de la présence de l'enquêteur du doge, que je m'intéresse à tout ce que je suis amené à peindre dans mes toiles.

– À en juger par l'ouvrage que vous avez là, je suppose que vous vous apprêtez à peindre une scène de la conquête de Constantinople.

– Ce que je peins ne regarde que moi et je ne crois en aucun cas devoir rendre compte de mes toiles à la République de Venise ou à l'un de ses émissaires. Maintenant, pardonnez-moi, car je suis attendu.

Ce disant, Jacopo le salue et se dirige seul vers le sestiere San Polo. Une fois sur place, veillant à ne pas être suivi, il suit le rio San Agostin et s'arrête devant une porte de bois finement sculptée. Il se saisit du heurtoir formé par un gros anneau de cuivre que tient dans sa gueule une tête de lion, et en donne trois coups secs contre la porte. Peu de temps après, un homme, âgé d'une quarantaine d'années tout au plus, portant une barbe châtain foncé, et vêtu d'une chemise blanche, vient lui ouvrir. Ses yeux, qu'il garde presque clos, ne laissent entrevoir qu'une fine lueur claire d'où le regard est absent. Tendant alors sa main vers son visiteur, il touche son visage et s'écrie, heureux :

– C'est toi, Jacopo, faut-il donc que tu n'aies plus rien à peindre pour te soucier de rendre visite à un pauvre poète aveugle, cloîtré dans sa maison.

– Avant que d'être l'un des plus grands poètes de notre cité, tu es avant tout Luigi Groto, le plus cher de mes amis. Et je tiens à m'excuser auprès de toi si je ne viens pas aussi souvent te voir que je le devrais.

– Dis-moi donc, mon cher Jacopo, ce qui me vaut le plaisir de ta visite, en une heure aussi matinale ?

Tout en posant cette question, Luigi Groto invite, d'un simple geste de la main, son visiteur à le suivre à l'intérieur de sa demeure.

Jacopo pénètre alors dans une pièce richement meublée. De précieux miroirs, qui sont l'œuvre d'artisans byzantins, y renvoient la lumière de l'unique fenêtre qui donne sur la rue. De nombreux livres sont soigneusement rangés sur des tables et sur des meubles de bois sculptés. Jacopo sait que malgré la cécité qui l'a subitement frappé il y a quelques années, Luigi Groto a tenu à conserver tous ses ouvrages. Souvent, il s'en saisit, les tient dans ses mains, caresse leur couverture et les repose à un endroit précis de sa demeure, seul moyen pour lui de savoir de quel livre il s'agit. En s'installant dans un confortable fauteuil de velours rouge, Jacopo remarque même, glissée dans l'un de ces ouvrages, une fine pièce de tissu destinée à en marquer la page, et qui est restée à la même place depuis que son ami a perdu la vue.

– Luigi, dit alors le peintre, j'arrive du quartier des imprimeurs et je tiens à m'ouvrir à toi de quelques questions qui me tourmentent, car tu es le seul ami à qui je peux parler librement.

– Très bien, mais avant que de t'écouter, aie quelque pitié pour le pauvre aveugle que je suis, et tente de me faire voir tes dernières œuvres avec tes mots, car je crois savoir que tu as entrepris un cycle consacré à la passion du Christ en travaillant sur une représentation de la montée au Calvaire.

– Oui, c'est exact, et je constate que, comme à ton habitude, si tes yeux ne voient pas, tu demeures parfaitement renseigné de tout ce qui se passe à Venise. Essaie donc d'imaginer ma toile : elle se découpe en deux diagonales qui suivent le chemin emprunté par le Christ et les deux voleurs. Pour ce qui est de la perspective, j'ai choisi de souligner mes lignes de fuites par l'axe des trois grandes croix qui tiennent en équilibre sur le dos des condamnés. La pente escarpée que gravissent péniblement les trois hommes est plongée, au premier plan, dans une demi-obscurité et s'éclaire à mesure qu'elle s'élève vers le sommet de la colline. Je tenterai d'achever aujourd'hui les couleurs d'un ciel bas et lourd, qui pèsera sur cette lente procession. Je pense aussi rajouter à ma scène un vieillard plein de compassion, qui pose sa main sur la croix du Christ pour soulager sa peine.

– Cher Jacopo, tes mots sont comme des yeux pour moi, et, lorsque tu parles, j'ai le sentiment de voir vivre tes toiles devant moi. Mais tâche d'évoquer à présent les œuvres des plus grands de tes confrères, et tente, cette fois, de me faire voir Venise avec tes yeux.

– Eh bien, si tu descendais le Grand Canal sur une embarcation, tu t'apercevrais que les fresques composées par Titien sur la façade du Fondaco dei Tedeschi sont toujours aussi belles. Le temps ne semble pas avoir de prise sur elles et gageons que plusieurs siècles s'écouleront avant qu'elles ne disparaissent tout à fait. Quant à Véronèse, il vient d'achever le *Triomphe de Mardochée,* qui orne le plafond de l'église San Sebastiano. Si tes yeux pouvaient voir cette œuvre, tu découvrirais avec stupeur deux fougueux chevaux lancés au grand galop et qui semblent plonger sur le spectateur situé en contrebas.

– Je te remercie, Jacopo, d'évoquer ainsi les merveilles de ma chère cité. Puisque tu es là ce matin et que nous nous entretenons de peinture, je profite de ta présence pour te passer commande d'un portrait de moi. Cette œuvre, lorsque tu l'auras achevée, aura, je n'en doute point, le mérite de me faire vivre plus longtemps.

– Ce serait avec plaisir que j'exécuterais un tel tableau, mais dis-moi tout d'abord par quel prodige un portrait que je ferais de toi pourrait prolonger ta vie ?

– C'est très simple, cher ami, tu sais comme moi que la vie ne tient qu'à un fil, et, lorsque les divinités du Destin que sont les Parques décideront de couper ce fil, le portrait que tu auras fait de moi sera si ressemblant qu'en pénétrant dans ma demeure, elles ne sauront faire la différence entre moi et l'image que tu auras peinte et garderont ainsi les ciseaux dans leurs mains, inactives et hésitantes.

D'ordinaire si réservé et si maître de soi, Jacopo éclate alors d'un rire sonore, puis répond à son ami :

– Peindre pour tromper la mort ou les divinités du Destin, voilà un défi auquel je ne peux résister ! Dans tous les cas, je reconnais bien là les paroles du grand poète Luigi Groto et je te promets solennellement que je reviendrai très bientôt exécuter ton portrait, si celui-ci a en effet le pouvoir de te faire vivre plus longtemps.

Puis, retrouvant tout à coup sa réserve naturelle, Jacopo continue d'une voix beaucoup plus posée :

– Mais, pour l'instant, j'aimerais t'entretenir d'un sujet non pas artistique mais historique, car il concerne la quatrième croisade. Et si ton savoir, que je sais immense, venait toutefois à te trahir, j'ai avec moi un ouvrage qui répondra sans doute à toutes nos questions.

Tout en prononçant ces mots, Jacopo tape de la paume de sa main sur l'épais volume qu'il a déposé sur une table devant lui, et d'où s'échappe un fin nuage de poussière.

De : Alessandro Baldi
À : W.Jeffers@st-able.usa
Objet : Le secret de l'Ordre et les toiles du Tintoret

Cher professeur,

Le doute n'est plus permis à présent : c'est parce qu'ils ont découvert, lors de leurs travaux sur l'une des toiles du Tintoret, le secret de l'ordre des Missionnaires du lion, que les professeurs Paul Darmington, Marco Zampiero et Edith Deville ont perdu la vie.

Et soyons-en sûrs, ce secret, bien gardé depuis des siècles, se trouve encore aujourd'hui sur l'une des œuvres accrochées aux murs de la Scuola di San Rocco. Je vais donc m'y rendre de nouveau, à la recherche du moindre indice. Mais quelle drôle d'enquête tout de même ! Tandis que les inspecteurs du monde entier interrogent des suspects et des témoins en chair et en os, j'en suis réduit, pour ma part, à interroger des personnages peints sur des toiles il y a plus de quatre cents ans et qui, de plus, ne semblent pas très disposés à collaborer avec moi.

En ce qui vous concerne, je vous prie de bien vouloir réfléchir avec moi à la question suivante qui devient primordiale à présent : comment vos anciens collègues ont-ils pu découvrir sur l'une des toiles du Tintoret une vérité qui continue d'échapper, aujourd'hui encore, au grand historien de l'art que vous êtes ?

Cordialement,

A.B.

De : William Jeffers
À : A.Baldi@questura-veneto.it
Objet : Les toiles gardent leur secret

Cher inspecteur,

J'ai passé la majeure partie de ma vie à étudier les grandes énigmes posées par l'art de la Renaissance, mais le mystère que vous tentez de percer est bien le plus difficile qui m'ait jamais été donné de résoudre. Malgré mon grand âge, je pourrais encore, de mémoire, décrire chacune des cinquante-six toiles du Tintoret qui se trouvent à San Rocco mais aucun indice ne peut me conduire à l'existence de l'ordre des Missionnaires du lion.

J'ai passé des journées entières dans la Sala dell'Albergo à étudier la composition et la lumière des toiles retraçant la passion du Christ. En ce qui concerne la Sala Grande Superiore, je pourrais même me souvenir du nombre exact de personnages qui figurent sur les toiles du « Serpent d'airain », de « L'Adoration des bergers » ou de « La Résurrection de Lazare » ; je pourrais aussi décrire les coloris ou les tonalités du « Sacrifice d'Abraham » ou de « La Tentation d'Adam », je pourrais vous parler des heures entières de cette nostalgie du paysage, de cette nature magique et paradisiaque que le Tintoret exprime, plus que nulle part ailleurs, dans « La Fuite en Égypte » ; mais découvrir quel secret se dissimule sur l'une de ces toiles m'est malheureusement impossible encore aujourd'hui.

Je vous remercie de me tenir informé de vos recherches et je reste, encore et toujours, à votre disposition.

Cordialement,

W.J.

12

Le poète Luigi Groto, confortablement installé dans l'un des fauteuils de sa demeure, se tait. En face de lui, son ami Jacopo, silencieux lui aussi, s'est rapproché de la plus grande table de la pièce et a ouvert le volume qu'il vient d'acquérir. Il en tourne rapidement les pages, ne faisant que parcourir les premières lignes et ignorant volontairement de nombreux paragraphes, à la recherche d'un passage précis. Après quelques instants, son ami Luigi s'adresse à lui :

– Tu me disais vouloir m'interroger, sache que j'y suis entièrement disposé.

– À vrai dire, confesse alors Jacopo, je ne sais pas exactement par où commencer. Je suis à la recherche d'un épisode précis de la quatrième croisade et je…

Mais Jacopo n'achève pas sa phrase. Son ami, d'une voix vive, l'interrompt.

– Si tu te demandes par où commencer, je te propose pour ma part de considérer la chose par son commencement et de t'entretenir de ce glorieux épisode de notre histoire. Pendant que je parlerai, tu pourras tout à ton aise continuer de rechercher le passage que tu désires étudier dans ton ouvrage.

Jacopo remercie son ami. Celui-ci, après un bref toussotement destiné à s'éclaircir la voix, prend une longue inspiration et commence son récit :

– À l'époque où mes yeux me servaient encore fidèlement, j'ai lu de nombreux livres qui évoquaient la quatrième croisade et, si la mémoire de mes lectures est bonne, il me souvient que, tout au commencement, les premiers croisés, partis de France, désiraient atteindre l'Égypte. Mais, pour cela, ils avaient grand besoin d'une flotte et s'en furent demander son aide à la riche République de Venise, représentée alors par le grand doge Enrico Dandolo. Ce dernier, après avoir consulté son Grand Conseil, accepta de prêter les navires de la Sérénissime aux croisés, pour un montant de quatre-vingt mille marcs d'argent. Incapables de réunir la totalité d'une telle somme, ceux-ci furent contraints d'accepter que le doge lui-même prît la tête de l'expédition. Mais l'Égypte, reconnaissons-le, n'intéressait que fort peu Venise en ce temps-là, et le vieil Enrico Dandolo décida plutôt de conduire ses troupes vers Constantinople. Voilà comment, le 17 juillet 1203, la cité tomba aux mains des Vénitiens. Moins d'un an plus tard, et durant deux longues journées, les croisés mirent la ville à feu et à sang, pillant les palais, profanant les églises orthodoxes et les icônes, saccageant les maisons, violant femmes, filles et religieuses...

– Voilà ! J'ai précisément sous les yeux le passage qui évoque le sac de Constantinople. Veux-tu que je t'en fasse la lecture ?

– Rien ne saurait davantage me faire plaisir.

– Voici donc, continue alors Jacopo, le récit qu'en fait le chroniqueur Geoffroi de Villehardouin : *Chacun mit garnison de ses gens et fit garder son trésor. Et les autres gens, qui étaient répandus par la ville, firent grand butin ; et le butin fut si grand que personne ne vous en saurait dire le compte : or et argent, vaisselle, pierres précieuses, satins, vêtements de soie et tous les objets de prix qui furent jamais trouvés sur terre.*

– L'auteur ne précise-t-il pas, interroge Luigi Groto, en quoi consistaient exactement ces merveilleux trésors ?

Jacopo tourne quelques pages, revient plusieurs fois en arrière et répond, déçu :

– Certes, il mentionne bien certaines pièces de ce trésor mais ne parle pas de ce que je recherche.

– Dans ce cas, tu as frappé à la bonne porte en t'adressant à moi, car si ton livre reste muet, le simple poète que tu as devant toi connaît la réponse à ta question.

Luigi Groto ménage alors un long silence, qu'il emploie à solliciter sa mémoire en passant lentement sa main dans ses cheveux.

Puis il annonce :

– Les plus précieux des trésors ramenés de Constantinople furent au nombre de cinq : tout d'abord, il y eut le quadrige de bronze qui se dresse encore au-dessus de l'entrée de la basilique Saint-Marc, vinrent ensuite l'icône de la Vierge Nicopeia, qui se trouve à l'intérieur de cette même demeure sacrée, ainsi que les reliques de saint Georges et celles de saint Jean-Baptiste.

– Et le cinquième de ces trésors ? demande anxieusement Jacopo.

– Vois-tu, le cinquième trésor que les Vénitiens ont ramené de Constantinople, en cette année 1204, était sûrement à leurs yeux le plus précieux. Voilà sans doute pourquoi nul ne sait où il se trouve aujourd'hui. La seule certitude que l'on ait, c'est qu'il n'a pas quitté Venise, car comment imaginer qu'une cité aussi pieuse et qui jouit, depuis trois siècles, de la plus grande force militaire d'Orient et d'Occident, puisse se séparer d'un tel trésor ? Et ce trésor…

Luigi Groto baisse la voix pour continuer son récit en chuchotant :

– Ce trésor… ce sont les trois clous de la croix du Christ.

Jacopo reste pensif un instant. À mi-voix il s'interroge :

« Le voilà donc, ce bien si précieux ramené autrefois à Venise par la quatrième croisade… ? »

Puis, s'adressant à son ami, il demande :

– Se pourrait-il, d'après toi, que le secret de son emplacement fût noté par écrit ?

– Je suppose que cela est possible, en effet, car il serait bien trop délicat de confier un tel secret à la mémoire d'une personne. Oui, je crois même qu'il est raisonnable de penser que le secret de l'emplacement des clous de la croix du Christ soit conservé à Venise sur un document soigneusement caché.

– Luigi… hésite alors Jacopo. Sache… sache que je crois connaître, depuis peu, l'endroit exact où se trouve ce document, même s'il m'a été impossible de le lire.

– Prends garde, Jacopo, je connais ta curiosité, mais il te faut renoncer à en savoir davantage sur ce sujet, car ce trésor est si précieux pour ceux qui le possèdent qu'ils doivent sûrement faire taire à jamais quiconque s'en approche, et ce, depuis maintenant plus de trois siècles. Pour de tels gardiens, il est aisé d'imaginer que chacun des étrangers qui arrive dans la cité soit considéré comme un espion au service d'une puissance étrangère venu mettre la main sur ce précieux bien ramené autrefois de Constantinople. Beaucoup de sang a déjà dû couler pour garder un tel secret, et il est bien possible que beaucoup de sang coule encore pour le conserver dans les murs de notre cité.

– Je te remercie, Luigi, de ton savoir si précieux et de ta mise en garde. Mais sois tranquille, je ne chercherai pas à en savoir davantage. Cependant, je crains que d'autres ne soient pas aussi sages que moi. A présent je te salue, car mon travail à la Scuola m'attend depuis bien longtemps déjà.

De : Alessandro Baldi
À : W.Jeffers@st-able.usa
Objet : Nouvelle visite à San Rocco

Cher professeur,

J'éprouve, en conduisant cette enquête, la détestable impression de tourner en rond. Je viens de passer la journée entière à San Rocco – où je me suis même discrètement mêlé aux visites guidées proposées aux groupes touristiques – à la recherche de la moindre piste, mais tout cela en vain. J'ai passé des heures entières à observer chacune des toiles du maître de la Renaissance : le cycle de la passion du Christ de la Sala dell'Albergo, les scènes où l'artiste mêle l'Ancien et le Nouveau Testament dans la Sala Grande Superiore et les toiles évoquant l'enfance de Jésus et les images de sa mère, la Vierge Marie, dans la Sala Terrena ; mais l'une de ces œuvres préserve encore jalousement son secret. Par ailleurs, j'ai demandé au gardien du musée de me conduire chez la conservatrice de la Scuola, mais l'entretien que j'ai eu avec cette dernière ne m'a rien appris que je ne sache déjà ; et me voilà donc revenu à mon point de départ.

N'abandonnez donc pas vos recherches, car je suis convaincu que vous seul êtes susceptible de trouver la clef de l'énigme.

Cordialement,

A.B.

De : William Jeffers
À : A.Baldi@questura-veneto.it
Objet : Les rayons X

Cher inspecteur,

Voilà une semaine que je dépense le peu qu'il me reste d'énergie en me plongeant dans les vieux grimoires de ma bibliothèque alors que la réponse à votre question se trouvait sous nos yeux, bien en évidence dans l'un des messages que vous m'aviez adressés ! Rappelez-vous cette note manuscrite retrouvée dans les affaires d'Edith Deville et qui faisait allusion au « chien de la Cène » et à « la main du vieillard » ; je vous avais alors précisé qu'il s'agissait là de ce que l'on nomme des repentirs de peintre, c'est-à-dire des éléments de l'œuvre rajoutés après coup par l'artiste.

Eh bien sachez que toute étude scientifique d'un tableau, c'est-à-dire faisant appel à l'emploi des rayons X, commence toujours par l'étude des repentirs visibles à l'œil nu, pour s'attacher ensuite aux repentirs que seule la radiographie peut révéler. Pour ma part, je n'ai jamais porté beaucoup d'intérêt à ce genre de technique, préférant depuis toujours analyser les toiles en termes de couleurs, d'équilibre, de perspective ou d'émotion, que je peux saisir de mes simples yeux. Cependant, la radiographie de tableaux a permis de révéler les premières ébauches des peintres, leurs propres corrections, bref, de raconter en détail l'histoire cachée d'une toile.

Et c'est précisément à cela que devait travailler la malheureuse mademoiselle Deville. Tout comme le professeur Darmington qui fut le premier à se pencher, dès les années 1920, sur les toiles de maîtres avec un attirail insolite où se côtoyaient produits chimiques et appareils radiographiques. Ainsi que

Marco Zampiero qui était, ne l'oublions pas, directeur du laboratoire de recherche des musées italiens.

Si donc secret il y a au sein de la Scuola di San Rocco, secret qui a coûté la vie à ceux qui l'ont découvert, il se trouve bien à l'abri des regards, sous la peinture, vieille de plusieurs siècles, de l'une des toiles du Tintoret. Je me rends compte à présent comment mon peu de goût pour la radiographie des œuvres d'art m'a bel et bien sauvé la vie, autrefois, lors de mes séjours d'études à la Scuola di San Rocco.

A bientôt,

W.J.

13

En ce matin du 22 août 1569, la Scuola di San Rocco se livre à son activité d'assistance et de bienfaisance. En se rendant devant ses toiles de la Sala Grande Superiore, Jacopo se trouve soudain mêlé à une foule bruyante se pressant, comme lui, aux portes du palais. Avec difficulté il se fraie un chemin dans cette marée humaine où se bousculent tout ce que la cité compte de déshérités, de malades et de jeunes orphelins. Une fois à l'intérieur, il arrive à la hauteur d'une dizaine de membres de l'archiconfrérie qui, assistés d'un prêtre et d'un médecin, en appellent sans cesse au calme, tout en distribuant à chacun nourriture, boisson et vêtements.

Parvenu dans la Sala Grande Superiore, au premier étage de la Scuola, Jacopo jouit enfin du calme et de la sérénité nécessaire à son travail de peintre. Ici, il est seul et ne perçoit que de lointains échos de la confusion qui règne au rez-de-chaussée du palais. Sans attendre, il se dirige vers sa toile, prépare ses couleurs et se plonge, de tout son être, à l'intérieur de son œuvre. Son dessin est achevé depuis la veille et il s'emploie maintenant à donner vie à ses formes humaines, par la lumière et la couleur. Au sommet de sa toile, hissé sur un globe de cristal, apparaît le Seigneur qui se précipite pour sauver son peuple de la soif. Au-dessous de Lui, au centre de la composition, se trouve Moïse qui frappe un rocher avec son bâton, faisant ainsi jaillir l'eau qui désaltère les Hébreux et leurs troupeaux. Au premier plan, les bras des hommes et des femmes se tendent avidement, porteurs de jarres, de coupes, de plats, pour recueillir le précieux liquide salvateur. Jacopo choisit ici de jouer sur les tons sombres, à peine relevés par le clair jaillissement de l'eau et de quelques drapés grenats. En arrière-plan, au contraire, une lumière veloutée, seulement rehaussée de pâles lignes bleutées, descend sur des personnages oniriques : enfants, cavaliers et chevaux volants. Jacopo s'apprête à créer le relief sur ce pan de toile lumineux mais arrête son geste au dernier moment. Il recule, regarde longuement sa toile puis repose son pinceau. Il préfère laisser inachevée cette trouée de lumière, ce mystère à peine esquissé comme l'est le lointain souvenir d'un rêve.

Mais la rumeur que le peintre perçoit du rez-de-chaussée se fait maintenant plus forte. Au bruit de la foule se mêlent à présent les coups sourds des bottes des soldats qui courent sur le sol. Soudain, il entend nettement une voix, plus forte que les autres, qui demande le silence et fait évacuer la Scuola. Jacopo quitte ses pinceaux, essuie négligemment ses mains sur son tablier et descend quelques marches du grand escalier. Il aperçoit une vingtaine d'hommes en armes, disposés de part et d'autre des murs de la Sala Terrena, qui semblent attendre les ordres de leur chef, lequel se tient en face des membres de l'archiconfrérie. Lorsque ce dernier se retourne, Jacopo reconnaît alors aussitôt les traits de Francesco Rista.

« Quel diable d'homme, dit-il entre ses dents, que vient-il encore faire ici ? »

Comme pour répondre à Jacopo, Francesco Rista s'adresse alors à ses propres hommes :

– Ne négligez rien, fouillez toutes les pièces une à une, ôtez les tapisseries et, s'il le faut, n'hésitez pas à décrocher les toiles du peintre ; examinez le relief des murs, les boiseries, les escaliers, le mobilier et que rien n'échappe à votre regard !

– Mais de quel droit, monsieur, osez-vous ainsi pénétrer au cœur de notre Scuola et interrompre nos activités de bienfaisance ? demande alors l'un des membres de l'archiconfrérie sans même tenter de contenir sa colère.

– Mais du droit que m'ont conféré les plus hauts représentants de la République de Venise, lui répond calmement Francesco Rista en gardant, comme à son habitude, la main sur la poignée de son épée. Je vous déconseille, par ailleurs, de tenter de vous opposer à mes recherches, car sachez que j'ai de très bonnes raisons de penser que votre honorable archiconfrérie compte dans ses rangs des membres de l'ordre des Missionnaires du lion, une société secrète qui intrigue contre le pouvoir des doges et qui s'est déjà rendue coupable de nombreux meurtres.

– Mais qu'espérez-vous trouver dans notre Scuola ?

– Ce que j'espère y trouver ? continue Francesco Rista qui semble s'amuser de sa colère. Eh bien tout simplement la charte de cet Ordre clandestin qui définit les règles et les devoirs de ses membres et qui indique l'emplacement d'un bien, fort précieux, qui appartient de droit à la République de Venise. Et ce bien doit lui être restitué au plus tôt.

Jacopo a beau s'y opposer, rien n'empêche les soldats de décrocher ses toiles, d'en examiner les cadres et d'explorer les reliefs des murs qu'elles recouvrent. Des boiseries sont arrachées, des estrades retournées, brisées, des coffres sont renversés, leur contenu répandu sur le sol. Les livres de comptes sont soigneusement étudiés, des lettres sont emportées. Dans la Sala dell'Albergo, des soldats découvrent enfin, en examinant attentivement chacun des panneaux de bois, la porte dérobée qui s'y dissimule. Francesco Rista, accompagné de deux hommes, accourt et se précipite aussitôt dans l'escalier étroit qui le conduit à l'intérieur d'une pièce vide, sans meuble ni décoration.

– Une salle secrète, exulte-t-il, nul doute que je touche enfin au but !

Il demande alors à ses hommes de sonder les murs et les planchers, en y portant de petits coups avec la poignée d'une épée, pour découvrir une éventuelle résonance qui indiquerait une cachette. Mais toutes ces recherches sont vaines. Francesco Rista, à son tour, perd son calme, il exhorte ses hommes à redoubler d'énergie, s'emporte même contre l'un d'entre eux en le bousculant et en le précipitant à terre. Puis, quelques heures plus tard, alors que la Scuola di San Rocco n'est plus qu'un vaste champ de bataille, il donne l'ordre à ses soldats de se retirer. Lorsqu'il passe devant les membres de l'archiconfrérie, sans même un regard, il crie :

– Je reviendrai… je reviendrai !

Parmi eux, il ne remarque pas cet homme de grande taille, élégamment vêtu, qui, en apparence du moins, paraît avoir conservé tout son sang-froid et qui fait un signe imperceptible pour attirer l'attention du vieux gardien de la Scuola. Lorsque ce dernier s'approche discrètement de lui, l'homme, en remuant à peine les lèvres, lui confie à voix basse :

– Tôt ou tard, ce Francesco Rista devra disparaître. Comme tous ceux qui se sont approchés de trop près du secret de l'Ordre.

De : Alessandro Baldi
À : W.Jeffers@st-able.usa
Objet : Les dessous des toiles

Cher professeur,

J'ai eu toutes les peines du monde à me procurer le matériel nécessaire à la radiographie des tableaux. Car, comme vous devez vous en douter, ce genre d'appareil ne fait pas partie de l'équipement type des brigades criminelles italiennes.

Cela dit, j'ai finalement mis la main sur un appareil de poche comme ceux qu'utilisent fréquemment les collectionneurs d'art, et qui combine à merveille la technique de la réflectographie infrarouge à celle de la fluorescence ultraviolette. Grâce à cela, je n'ai eu aucune difficulté à examiner, en toute discrétion, les toiles de la Scuola di San Rocco.

Vous êtes l'unique personne à être dans la confidence car j'ai demandé à la conservatrice, sans lui donner d'explications, de me laisser seul dans le musée tandis que le gardien de la Scuola veillait à ne laisser entrer aucun visiteur durant mon étude.

Malheureusement, après avoir ainsi examiné pas moins de vingt-six toiles, mes découvertes, qui auraient sans doute intéressé plus d'un historien de l'art, ne m'ont rien apporté qui puisse faire avancer mon enquête.

Je n'ai vu que des esquisses et des dessins préparatoires que l'on n'aperçoit pas à l'œil nu, des contours de personnages ou même d'animaux qui n'ont pas été conservés dans la version finale de l'artiste ; rien, en tout cas, dont la découverte aurait pu mettre en péril la vie d'Edith Deville ou des professeurs Darmington et Zampiero.

Me voilà donc revenu à zéro car les tableaux n'ont pas souhaité me livrer leur secret.

Cordialement,

A.B.

De : William Jeffers
À : A.Baldi@questura-veneto.it
Objet : Plafond de San Rocco

Cher inspecteur,

Sans doute le moment est-il mal choisi, mais lorsque tout cela sera terminé, je vous demanderai tout de même de m'évoquer plus en détail le résultat de vos études sur le dessous des toiles du Tintoret.

Mais, pour l'instant, revenons à votre enquête. Vous me dites avoir étudié vingt-six toiles : il se trouve que c'est le nombre exact de tableaux accrochés aux murs de la Scuola. Vous avez donc omis d'examiner ceux qui figurent au plafond. Sans doute avez-vous pensé, comme cela est souvent le cas, qu'il s'agissait de fresques, mais détrompez-vous, ce sont bien des toiles que vous pouvez radiographier à leur tour.

J'espère que les dessous de celles-ci vous parleront davantage et vous conduiront enfin sur la piste que vous cherchez.

Dans l'attente impatiente de vous lire,

Cordialement,

W.J.

14

La nuit était déjà bien avancée lorsque deux hommes en armes pénètrent bruyamment dans la demeure du poète Luigi Groto, bousculant les meubles et renversant les livres soigneusement rangés sur les tables.

– Qui êtes-vous donc ? demande celui-ci sereinement, malgré la violence de cette intrusion nocturne.

– Ordre du signor Rista, annonce laconiquement l'un des deux gardes en se saisissant du bras de Luigi Groto pour le forcer à les accompagner.

– Voyez-vous, messieurs, répond le poète sans perdre son calme, il se trouve que je suis aveugle mais pas invalide, et je n'ai nul besoin d'être porté ; avancez donc devant moi, et je vous suivrai sans peine en me fiant aux cliquetis que font les lourdes armes dont vous êtes chargés.

Après quelques minutes de marche, il ajoute :

– Ne prenez surtout pas la peine, messieurs, de m'informer de notre destination puisque je viens d'entendre la cloche de San Giacomo di Rialto et devine par conséquent que nous nous rendons au palais des Doges. Et si je considère qu'à cette heure avancée de la nuit la Sala dell'Avogaria et la Sala dei Provveditori della milizia da mar sont fermées, j'en déduis que vous me conduisez au troisième étage, celui réservé aux organes veillant à la sécurité de l'État, et qui est, je présume, aussi actif de jour que de nuit.

Quelques instants plus tard, Luigi Groto reconnaît sous ses pas le dallage de la cour intérieure du palais des Doges et se félicite intérieurement de ne s'être pas trompé sur sa destination.

« Voici maintenant la scala dei Giganti », se dit-il alors que sa main, quittant la rampe, s'attarde un instant sur les reliefs du socle de la statue de Neptune… « Et voilà maintenant la scala d'Oro qui conduit aux étages supérieurs. »

Mais soudain, les deux hommes s'arrêtent, ouvrent une porte et, d'une violente pression de la main dans son dos, obligent leur prisonnier à pénétrer dans une pièce. Resté seul, Luigi demeure un instant immobile, puis lève les bras à l'horizontale devant lui et progresse lentement.

– Avancez donc, signor Groto, une chaise se trouve juste devant vous, au milieu de la pièce.

La salle, à en croire l'ampleur de sa résonance, est de grande dimension. Le poète avance prudemment, trouve la chaise, et s'assied. Alors seulement il prend la peine de répondre.

– Il y a bien longtemps que je ne suis venu dans ce palais. Dites-moi donc où je me trouve car j'hésite encore entre la Sala della Bussola et la Sala degli Inquisitori.

– Vous vous trouvez dans une salle où ce n'est que très rarement l'accusé qui pose des questions.

– Si tel est le cas, ayez au moins l'obligeance de me dire qui vous êtes et de quoi je suis accusé.

– Je suis tout disposé à vous dire mon nom qui est Francesco Rista, car vous n'ignorez sûrement pas les pouvoirs dont je suis investi, et serez par conséquent plus enclin à collaborer avec moi. En ce qui concerne l'accusation, j'attends seulement de vous que vous me disiez ce que vous a appris Jacopo Robusti concernant la charte de l'ordre des

Missionnaires du lion, qui mentionne, si mes informations sont exactes, l'emplacement du cinquième trésor de la quatrième croisade.

– De la dernière visite que m'a rendue mon ami Jacopo, je n'ai souvenir que d'une conversation ayant porté sur ses toiles, ainsi que celles de Titien ou de Véronèse. Je ne me souviens pas, en revanche, d'avoir abordé un autre sujet de discussion mais, voyez-vous, ma mémoire me fait terriblement défaut par moment…

– Je n'ai, pour ma part, aucune inquiétude quant à la qualité de votre mémoire et je me doutais fort bien que vous me tiendriez un tel discours. Aussi, voyez-vous, j'ai pensé qu'un petit séjour dans une pièce, disons… plus étroite et moins confortable que celle dans laquelle nous nous trouvons actuellement, vous incitera à m'en dire davantage.

– C'est vraiment trop aimable à vous de m'offrir l'hospitalité dans le plus beau palais de Venise, répond le poète sans paraître nullement affecté par la situation dans laquelle il se trouve.

– Pour ce qui est de votre résidence, continue froidement Francesco Rista pour tenter de couper court à l'ironie de son prisonnier, j'ai pensé un instant vous loger dans les Puits, au rez-de-chaussée du palais, cachots étroits, obscurs et humides, mais je me suis ravisé et j'ai décidé de vous faire conduire plutôt dans les Plombs, geôles non moins étroites, situées sous les toits, et dont la température, élevée en ce mois d'août, devrait vous inciter rapidement à collaborer avec moi.

Ces derniers mots à peine prononcés, le poète entend les pas de l'enquêteur du doge s'éloigner vers la porte avant que ce dernier ne donne ses ordres et que les deux mêmes hommes qui l'ont conduit jusqu'ici s'approchent de nouveau de lui et le saisissent par les bras. Quelques instants plus tard, après avoir cheminé dans un long couloir étroit, le poète est violemment jeté à terre et il entend derrière lui le grincement sourd d'une porte qui se referme. Ensuite, plus un bruit, si ce n'est les pas des gardiens qui disparaissent dans le lointain et le léger sifflement que produit de temps à autre le vent marin qui s'engouffre dans les corniches ciselées du toit du palais des Doges.

15

Combien de temps s'est écoulé depuis qu'il se trouve ici ? Luigi pense qu'il a dormi ; quelques heures peut-être ? Sans repère, il a du mal à différencier le rêve de la réalité. Est-ce le jour ou la nuit ? Il n'en a aucune idée précise. Cependant, la chaleur qui augmente l'incite à penser que derrière les murs de son cachot le soleil se lève et commence à réchauffer le toit du palais des Doges. Bientôt, en effet, la température devient insupportable. Son corps est baigné de sueur tandis que sa gorge, de plus en plus sèche, commence maintenant à le brûler. Agitant les pans de sa chemise devant son visage, il essaie de se rafraîchir mais il ne parvient, au contraire, qu'à s'épuiser davantage encore. Soudain il perçoit des bruits de pas. Son oreille, exercée, lui fait comprendre qu'il s'agit de deux hommes qui approchent. Les pas s'arrêtent à la hauteur de son cachot. Puis le cliquetis d'un trousseau de clés laisse place au grincement sourd que produit l'ouverture d'une porte.

– Voilà, c'est ici, dit une voix autoritaire en faisant entrer un visiteur, mais souvenez-vous que Francesco Rista ne vous a accordé qu'une heure seulement.

– C'est moi, dit immédiatement Jacopo Robusti à son vieil ami qu'il trouve assis à terre, le dos appuyé contre un mur. Tout cela est de ma faute, c'est pourquoi j'ai accouru pour te voir dès que j'ai su que l'on te retenait prisonnier dans les

Plombs du palais. Mais sois tranquille car je vais tout faire pour te sortir de là.

– Comment le pourrais-tu, Jacopo ? Pour sortir de ce cachot, je dois parler, et pour parler je dois savoir. Ne sachant rien du secret que tu as entrevu à San Rocco, et ne voulant par ailleurs rien savoir, il m'est donc impossible de sortir d'ici.

– Voilà la raison de ma visite : je tiens à te révéler tout ce que je sais sur l'emplacement de la charte de l'ordre des Missionnaires du lion. Lorsque j'aurai terminé, tu demanderas ensuite à parler à Francesco Rista à qui tu diras la vérité. Si ce dernier tient parole, il te libérera aussitôt.

– Tu te trompes, Jacopo, tu te trompes, répond alors Luigi lentement. Si je parle, l'Ordre le saura tôt ou tard et ta vie sera alors immédiatement en danger. Ne me dis rien et laisse-moi en paix dans ce cachot. Par ailleurs, je te rappelle que je suis aveugle et que je ne souffre pas plus ici qu'ailleurs de l'obscurité. Je n'ai, après tout, qu'à fournir un faible effort d'imagination pour me croire assis dans la pièce la plus luxueuse de Venise. Que peut-il m'arriver après tout ? Mon teint pâlira sans doute au bout de quelques semaines, mais tu n'auras aucun mal, lorsque tu composeras mon portrait, à rehausser, grâce à ta palette, les couleurs de mon visage.

– Si tu es aveugle, Luigi, tu n'es pas sourd et tu écouteras ce que j'ai à te dire, que tu le veuilles ou non. Libre à toi ensuite de garder le silence sur ce que je t'aurai révélé. Voilà, tout a commencé en avril 1564. La Scuola di San Rocco cherchait un peintre et certains de ses membres, qui appartiennent secrètement à l'ordre des Missionnaires du lion, ont choisi de privilégier la candidature d'un Vénitien. J'étais donc l'homme qui convenait. La première toile que j'ai dû achever m'a été remise par les soins du gardien de la Scuola, qui est, en vérité, un serviteur de l'Ordre. Je n'ai pas eu le loisir de traiter cette toile, comme je le fais habituellement, avec une couche de préparation à base de plâtre blanc, car celle-ci était déjà passée, sur toute sa surface, par un autre que moi. Toutefois, lorsque j'ai commencé à peindre, j'ai deviné, sous mon pinceau, d'étranges reliefs. Intrigué, j'ai légèrement gratté l'enduit de préparation et je me suis aperçu que la toile que l'on m'avait remise était entièrement couverte de fils d'or qui formaient des mots et des phrases. Le temps me manquait pour gratter la totalité de la surface et comprendre le sens de ces phrases. J'ai donc laissé la toile à son secret et j'ai achevé mon travail de peintre sans jamais parler de cela à personne. Cette même toile se trouve encore aujourd'hui accrochée au plafond de la Sala dell'Albergo de la Scuola, et personne ne pourra jamais lire, à moins de gratter la totalité de mes couleurs, les inscriptions cousues au fil d'or.

À ce moment, Jacopo, qui commence à souffrir de la chaleur, s'interrompt, et, à l'aide d'un mouchoir, s'essuie le visage sur lequel perlent déjà de fines gouttes de sueur puis il se dirige lentement vers la lourde porte du cachot pour tenter d'inspirer un peu d'air frais à travers la mince ouverture pratiquée en son centre. Il se retourne vers son ami, toujours assis dans la pénombre, à même le sol, et reprend son récit :

– C'est seulement après avoir surpris, par hasard, les conversations qui émanaient d'une réunion de l'ordre des Missionnaires du lion, que j'ai compris que la toile que j'avais peinte dissimulait la charte de cette société secrète. Et toi, à ton tour, tu m'as fait comprendre que sur cette même charte devaient figurer, outre les engagements et les règles de l'Ordre, l'emplacement du trésor qu'il détient depuis la quatrième croisade, c'est-à-dire les trois clous de la Croix du Christ. Voilà ce que tu dois dire, à ton tour, pour être libre. Je n'ai rien à ajouter. Tu as maintenant ton destin entre tes mains et toi seul peux te rendre à ta liberté.

Après avoir parlé, Jacopo frappe lourdement la porte avec son poing pour appeler le gardien. Après que ce dernier l'a fait sortir, il quitte précipitamment les soupentes du palais, le visage rougi par la chaleur, et le cœur plein de ressentiment et de sourde colère contre la police secrète du doge et son représentant, Francesco Rista.

De : Alessandro Baldi
À : W.Jeffers@st-able.usa
Objet : Saint Roch dévoile ses secrets

Cher professeur,

Notre piste était la bonne ! Il y a quelques heures à peine, j'ai enfin entrevu, grâce à mon réflecteur infrarouge, ce que Paul Darmington, Marco Zampiero et Edith Deville ont découvert sous une toile du Tintoret et qui leur a coûté la vie : il s'agit d'un texte, écrit sans doute au fil d'or, qui se trouve sous les couleurs du « Saint Roch en gloire » de la Sala dell'Albergo. Tout d'abord, je me suis juré de vous tenir à l'écart de tout cela car bien trop de personnes qui ont, grâce à la radiographie, pris connaissance de ces écrits au fil d'or, l'ont payé de leur vie. Cependant, sans votre aide, je ne puis malheureusement comprendre le sens de ce que j'ai découvert aujourd'hui au musée ; et, si je ne fais pas la lumière sur tout cela au plus tôt, je suis prêt à parier que bien d'autres personnes mourront à leur tour.

Une fois de plus, j'ai donc besoin de vous. Je ne dispose toutefois que de très peu d'éléments, car au moment même où je radiographiais le « Saint Roch en gloire », j'ai entendu dans l'escalier les pas du gardien du musée qui venait de fermer les portes de la Scuola et se mettait à ma disposition pour m'aider dans mes recherches. Tenant à garder le secret le plus absolu sur cette découverte, je n'ai eu que le temps de dissimuler mon matériel ainsi que les quelques notes que j'avais griffonnées sur un carnet. Mais le texte que j'ai déchiffré est assez obscur : ces mystérieux écrits au fil d'or semblent faire allusion à l'année 1203 et mentionnent l'existence d'une pièce du trésor, qu'il s'agit de protéger, sans que je saisisse exactement de quoi il s'agit. J'ai cependant noté en hâte les termes de « Nicopeia », ceux de « saint Georges », « saint Jean-Baptiste », et il est aussi question de l'œuvre de Lysippe. Le dernier paragraphe, que je n'ai pas eu le temps d'achever, indique, m'a-t-il semblé, l'emplacement, à Venise même, de cette fameuse pièce du trésor. Merci de m'éclairer sur ces premiers points, avant que je ne retourne prochainement déchiffrer la suite de ces écrits.

A bientôt,

A.B.

De : William Jeffers
À : A.Baldi@questura-veneto.it
Objet : Sur la piste du trésor de l'Ordre

Cher inspecteur,

L'année 1203, je vous le rappelle, est celle de la quatrième croisade. Les termes que vous avez eu le temps de noter me prouvent bien, par ailleurs, que cet étrange document fait référence à cet épisode glorieux de l'histoire de la République de Venise. En effet, le terme de « Nicopeia » doit très vraisemblablement faire allusion à l'icône ramenée de Constantinople avec les reliques de saint Georges et celles de saint Jean-Baptiste. Quant à l'œuvre de Lysippe, qui était l'un des sculpteurs au service d'Alexandre le Grand, il ne fait aucun doute qu'il s'agit des quatre chevaux de cuivre doré qui furent pris aux Byzantins en ce début du XIIIe siècle.

Mais il est écrit, me dites-vous, qu'une pièce encore plus précieuse que celles-ci ferait partie du trésor ramené par les croisés vénitiens. Je pense avoir une petite idée là-dessus, mais il est encore trop tôt pour que je puisse vous en parler. Je vais donc me plonger, une fois de plus, dans les chroniques historiques de cette époque pour trouver confirmation à mon intuition. Si je suis dans le vrai, la découverte que vous venez de faire serait, d'un point de vue historique, l'une des plus grandes de ces derniers siècles. Mais il n'y a plus un instant à perdre. Tâchez de retourner à la Scuola di San Rocco pour déchiffrer le texte secret dans sa totalité tandis que moi, je poursuis mes recherches.

A bientôt,

W.J.

16

Juillet 1575.

Durant les premiers jours de l'épidémie, personne à Venise n'ose nommer le mal qui s'abat sur la ville. Redoutant sans doute plus encore le nom de la maladie que ses propres effets, les médecins eux-mêmes se contentent de parler des *fièvres*. Si un malheureux se meurt dans d'étranges convulsions, il est donc la proie des fièvres ; cette pauvre femme, qui dépérit et délire, c'est encore la faute des fièvres ; et ces enfants, hier encore si pleins de vie, secoués aujourd'hui de spasmes et de palpitations : toujours ces maudites fièvres. Mais à mesure que le mal, qui s'est d'abord signalé à Cannaregio, gagne tous les *sestieri* de la ville, sévissant tout autant à Santa Croce, à San Polo ou à San Marco, le Grand Conseil ordonne la création d'un tribunal de la salubrité qui se met à enquêter sur la maladie. Une délégation, composée de trois médecins et de deux commissaires, n'est pas longue à rendre un verdict qui n'admet aucune contestation possible. Et les fièvres prennent tout à coup un nom qui propage rapidement une vague de terreur parmi la population : la peste.

Aussitôt la nouvelle connue, les autorités de Venise décident de faire construire des lazarets, aux portes de la ville, où sont rapidement conduits les premiers malades ainsi que leur proche famille, par crainte de la contagion. Lorsque les lazarets ne suffisent plus à contenir les citoyens contaminés, le Grand Conseil ordonne alors de faire séquestrer des familles entières chez eux.

En quelques semaines, la peste, qui se transmet par simple contact, a soulevé un vent de panique dans la cité. Les hommes en viennent ainsi à se débarrasser de leurs capes, car les pans de celles-ci, trop légers, sont susceptibles de frôler des personnes ou des murs infectés par la maladie. Dans les ruelles, sur les places ou le long des canaux, les passants s'écartent les uns des autres, se parlent à distance ; les mères se méfient de leurs fils tandis que les maris redoutent de s'approcher de leurs femmes et fuient leurs propres parents. Tout citoyen, s'il veut survivre, doit par force acquérir l'œil aguerri et soupçonneux du médecin. Très vite, les soldats, dépêchés par le Grand Conseil pour débarrasser la ville de ses cadavres, ne suffisent plus. À mesure que leur nombre diminue, des corps épars s'entassent sur les places, le long des quais, aux pieds des palais ou flottent même sur les canaux, car les bras manquent de plus en plus pour les conduire vers les fosses communes.

Peu à peu, l'épidémie, d'abord limitée aux couches les plus modestes de la société, remonte sans distinction la hiérarchie vénitienne. Elle ne tarde pas à frapper au sein même du palais des Doges, ravageant la majeure partie des membres du Grand Conseil et du Sénat. Les réunions sont donc suspendues jusqu'à nouvel ordre, et les affaires de l'État remises à un futur hypothétique.

Les membres de l'archiconfrérie de San Rocco, quant à eux, ne peuvent rester inactifs. Saint Roch, le saint patron de leur Scuola, n'a-t-il pas autrefois porté secours aux pestiférés ? L'occasion est donc une nouvelle fois venue de faire œuvre de charité et de bienfaisance. Réunis pour l'occasion dans la Sala Grande Superiore, les membres de l'archiconfrérie adoptent des résolutions urgentes. Ce sont des messes qui sont dites pour se concilier les faveurs divines, ainsi que des cantiques et des cérémonies qui accompagneront les morts dans les fosses communes. Ensuite, c'est une toile immense évoquant l'épreuve de la peste et la rédemptio ı de l'humanité que l'on commande à Jacopo Robusti pour orner un plafond de leur palais. Mais il faut surtout penser à ceux qui souffrent. Des sommes énormes sont ainsi allouées à la construction de nouveaux lazarets sur les îles de la lagune. Mais bientôt, c'est la Scuola di San Rocco elle-même qui est proposée par une partie de ses membres pour accueillir les malades.

– C'est une pure folie ! Aidons les déshérités, mais tout de même pas au péril de notre vie ! s'offusquent d'une même voix certains membres de l'archiconfrérie.

– Saint Roch lui-même n'a pas hésité à s'exposer au mal pour venir en aide à son prochain ! C'est pour cela qu'il a été sanctifié, c'est pour cela qu'il siège aujourd'hui à la droite du Seigneur ! leur rétorque-t-on.

Le ton monte rapidement, les hommes s'opposent les uns aux autres avec détermination. Des clans se forment. Certains entendent pousser les préceptes de charité jusqu'au sacrifice tandis que d'autres, terrorisés par la maladie, préfèrent éloigner les malades hors des murs de leur palais.

– N'ayez crainte, je peux tous vous mettre d'accord, car nous pouvons faire œuvre de charité sans risquer la contagion.

La voix s'est élevée par-dessus toutes les autres. Un profond silence se fait. Tous les regards se retournent vers celui qui a parlé. Comment peut-on être sûr d'éviter la contagion ? Cet homme est-il devenu fou ? Ne sait-il pas ce qu'est la peste ? Tous le laissent s'exprimer. Jeune encore, bien que membre de l'archiconfrérie depuis plusieurs années, il montre à ses confrères un costume qu'il tend à bout de bras.

– J'ai fait préparer en toute hâte, ces derniers jours, une tenue conçue d'après les dessins du médecin français Charles de Lorme pour soigner les pestiférés sans s'exposer à la contamination.

L'homme montre alors un masque étrange, de couleur blanche, pourvu d'un long bec qui rappelle immanquablement celui d'un oiseau.

– Ne souriez pas, continue-t-il, ce bec crochu est destiné à recevoir une quantité d'herbes et d'essences médicinales qui seront inhalées par celui qui le porte, et lui évitera ainsi d'inspirer un air infecté.

Puis, désignant une à une les pièces du costume :

– Voici maintenant les gants et la longue tunique de lin entièrement enduite de cire ; et pour terminer, une baguette avec laquelle il est possible de soulever les vêtements du pestiféré, pour l'examiner sans risquer la contamination.

Tous ne sont pas rassurés. La démonstration est convaincante, mais la crainte que suscite la contagion reste forte. Le débat s'achève et l'on décide de délibérer pour en venir au vote.

À l'écart du groupe, cinq hommes se sont isolés dans la Sala dell'Albergo. Formant un cercle, ils s'entretiennent à voix basse.

– Si le grand danger de la peste menace aujourd'hui Venise et nos propres vies, il en est un encore plus grand qui nous menace : c'est l'enquête que mène la police secrète du doge, chuchote l'un d'entre eux.

– C'est exact, reprend un deuxième interlocuteur sans jamais hausser le ton. Depuis plus de trois siècles nous avons préservé ce secret ; nos pères et nos frères sont parfois morts pour le défendre, et ce n'est pas la peste qui nous fera baisser la garde. Aujourd'hui, nous devons nous préserver de ce maudit Francesco Rista, qui, s'il continue ainsi à nous harceler, ne tardera pas à découvrir la charte. La peste, si elle est notre ennemie, va nous aider à protéger le trésor. À cette heure, les membres de l'archiconfrérie hésitent encore à utiliser la Scuola pour accueillir les malades : convainquons-les et usons de notre influence pour faire voter ce projet. Nous créerons alors une hôtellerie destinée aux pestiférés dans la Sala dell'Albergo ; ainsi, plus aucun espion ne cherchera à s'approcher de cette pièce tant que durera l'épidémie, ce qui nous laissera le temps de nous occuper du sort des ennemis de l'Ordre.

Peu de temps après, les membres de l'archiconfrérie décident, à la majorité des votants, d'ouvrir les portes de la Scuola di San Rocco aux malades de la peste. Des lits seront installés dans la Sala dell'Albergo et des soins leur seront prodigués.

De : Alessandro Baldi
À : W.Jeffers@st-able.usa
Objet : Disparition des écrits

Cher professeur,

Je reviens tout juste de la Scuola di San Rocco. La conservatrice, qui se trouve très complaisante à mon égard, m'a une nouvelle fois autorisé de me retrouver seul dans la Sala dell'Albergo. L'absence du gardien du musée, qui a dû quitter Venise pour motifs personnels, m'a par ailleurs permis de me remettre au travail en toute confidentialité. Malheureusement, lorsque j'ai radiographié une nouvelle fois la toile du « Saint Roch en gloire », j'ai eu la regrettable surprise de constater que le texte écrit au fil d'or avait disparu : tous les fils ayant été arrachés un à un. Ce travail, qui a dû être effectué en toute hâte, a même endommagé la toile en de nombreux points. L'œuvre, au dire de la conservatrice, pourra toutefois être restaurée et ne devrait pas tarder à retrouver son aspect initial.

Cependant, les écrits que dissimulait la toile représentaient ma seule véritable piste, qu'il m'est désormais impossible de remonter jusqu'au bout. Et vous, professeur, quel est le résultat de vos recherches ? Ont-elles confirmé votre première intuition ? Si oui, faites-moi rapidement savoir quel est, selon vous, ce mystérieux trésor qui a déjà coûté la vie à tant de personnes.

À très bientôt,

A.B.

De : William Jeffers
À : A.Baldi@questura-veneto.it
Objet : Détérioration de mon état de santé

Cher inspecteur,

Mes recherches m'ont de nouveau épuisé. Deux jours et deux nuits passés parmi mes livres ont eu raison de mes dernières forces. Ce matin encore, mon médecin, appelé en hâte par miss Harris, m'a ordonné le plus grand repos. Mon pauvre cœur donne des signes de faiblesse et je me vois donc pour l'instant dans l'impossibilité de collaborer davantage avec vous.

Je vous saurais gré, cependant, de me tenir informé de vos dernières découvertes, mais ne me demandez plus de vous venir en aide.

Cordialement,

W.J.

17

Jacopo, en se rendant à la Scuola di San Rocco, traverse des rues que la virulence de la contagion et la puanteur des cadavres ont rendues désertes. Ceux qui ne se cloîtrent pas dans d'inaccessibles palais ou dans les plus hauts étages de piteuses demeures ont fui la ville ou ont été conduits dans un lazaret. Rares sont ceux qui, comme lui, osent encore s'aventurer dans la cité. Mais Jacopo est attaché plus qu'aucun autre Vénitien à sa ville, même si son aspect, aujourd'hui, ne lui inspire que du dégoût, à l'instar du rio Marin, qu'il longe ce matin-là, et où les pansements usagés et les vieux chiffons qui flottent à la surface sont si nombreux que les maisons ont cessé de se refléter dans ses eaux. En abordant le campo San Giacomo dell'Orio, le vent rabat sur lui une épaisse fumée noire qui s'échappe d'un bûcher que les autorités ont dressé au milieu de la place. Des soldats, réquisitionnés pour l'occasion, alimentent les flammes en y jetant tout d'abord des vêtements avant d'y précipiter, du haut des fenêtres, des lits et des meubles ayant appartenu à une famille tout entière contaminée par le mal. Une fois leur besogne terminée, ils s'empressent de se frotter les mains en y versant une partie du vinaigre que contient la fiole qu'ils portent accrochée à la ceinture. Jacopo presse l'allure ; en s'engageant dans la calle del Forno, il prend garde de marcher au milieu de la chaussée et lève souvent les yeux au ciel pour éviter ces draps jetés des fenêtres aussitôt que le corps qu'ils enveloppaient a cessé de vivre. Lorsqu'il baisse les yeux, c'est pour apercevoir des portes marquées de croix tracées au charbon indiquant les morts à emporter. Dans ces ruelles désormais, seul résonne à ses oreilles le bruit de ses propres pas qui viennent parfois couper la course furtive d'un rat. La rumeur des boutiques et des échoppes, les cris des marchands, les conversations des hommes et des femmes s'en allant deux par deux ne sont plus qu'heureux et lointains souvenirs. De temps à autre, le silence de la cité est troublé par des gémissements de douleur provenant d'une fenêtre basse ou par le glas que sonnent les clochers de la ville.

La toile qu'il compose à la Scuola n'est que le reflet de la souffrance et de la désolation qu'il observe quotidiennement autour de lui. L'ensemble du premier plan de son *Serpent d'airain* est encombré de cadavres ou de mourants, entassés les uns sur les autres. Son pinceau, s'il maintient certains êtres en vie, en leur conférant de légers tons de brun clair qui les rattachent encore à ce monde, glisse le plus souvent de corps en corps, tel un ange de la mort, en déposant sur eux quelques minces touches de bleu très pâle, preuve que leur dernier souffle s'en est déjà allé.

– La souffrance... encore et toujours une toile qui évoque la souffrance...

Jacopo n'a aucun mal à reconnaître cette voix dans son dos. Sans même prendre la peine de se retourner, ni d'interrompre son geste, le peintre répond :

– Je peins ce que je vois, signor Rista, je peins la vie ; si la vie dit la souffrance, alors je peins la souffrance.

– Soyez tranquille, signor Tintoretto, je ne suis pas venu aujourd'hui pour m'entretenir avec vous ou pour admirer vos toiles, car j'ai rendez-vous avec le gardien de la Scuola, qui, par un billet qu'il m'a adressé ce matin, semble enfin disposé à me faire des révélations. Car ne croyez pas que la peste va m'empêcher de continuer mon enquête sur l'ordre des Missionnaires du lion…

Comme Jacopo ne cesse de peindre, Francesco Rista ajoute :

– Je constate avec plaisir que ce vieux gardien semble bien plus disposé à collaborer avec moi que vous ne l'êtes, ou que ne l'est votre cher ami le poète Luigi Groto, qui, à l'heure qu'il est, doit trouver le temps bien long à l'étroit dans les Plombs du palais… Ah, mais voilà que s'approche mon homme. Je vous laisse.

– Ne parlons pas ici, dit le vieux gardien. Rendons-nous plutôt dans la Sala dell'Albergo où nous serons beaucoup plus tranquilles.

– Mais vous n'y pensez pas, s'exclame l'enquêteur du doge, c'est précisément là que sont conduits les pestiférés auxquels vous prodiguez vos soins.

– Oui, vous avez raison, mais si vous enfilez ce costume, vous ne risquerez rien, il vous protégera de la contagion.

En se retournant, Jacopo aperçoit alors Francesco Rista endosser la longue tenue de lin recouverte de cire que lui tend le vieux gardien de la Scuola, ainsi qu'une paire de gants et le masque blanc au bec d'oiseau. Puis, il regarde s'éloigner lentement les deux hommes en direction de la Sala dell'Albergo, transformée en hôtellerie depuis un mois.

Une heure plus tard environ, Jacopo, qui n'a cessé de travailler à sa toile, voit les deux hommes ressortir. Francesco Rista se débarrasse alors du masque et des vêtements qu'il abandonne à ses pieds, à même le sol de la Scuola, avant de prendre congé du vieux gardien. C'est alors que ce dernier, à l'aide d'un long bâton, ramasse précautionneusement la tenue laissée à terre puis jette chacun des éléments qui la composent par la fenêtre avant de sortir à son tour de la pièce. Intrigué, Jacopo abandonne son œuvre pour jeter un bref regard à l'extérieur où il voit le vieil homme, au pied du palais, mettre le feu aux vêtements de lin ainsi qu'au masque.

Le soir même, alors que la lumière qui décline ne lui permet plus de continuer à peindre, Jacopo croise à nouveau le gardien, au moment de quitter la Scuola. Le peintre ne peut s'empêcher d'interroger celui-ci :

– Pourquoi avoir brûlé, tout à l'heure, la tenue de protection, n'est-elle pas censée protéger de l'épidémie ?

– Les tenues habituelles le sont effectivement, signor Tintoretto. Mais voyez-vous, celle-ci avait une particularité : le bec, supposé renfermer des essences et des herbes médicinales, était rempli de linges et de peaux infectés par nos derniers mourants de la peste ; tout comme l'étaient également les gants et la cape portés par Francesco Rista. Ce soir, notre homme devrait commencer à grelotter, à gémir, à délirer et, s'il a de la chance, il survivra encore deux ou trois jours. Le malheureux emportera dans la tombe les fausses informations qu'il a eues de moi aujourd'hui…

18

Quelques mois plus tard, l'épidémie touche à sa fin. Luigi Groto est enfin sorti de prison, ainsi que la plupart des détenus de Venise qui étaient séquestrés dans les Plombs ou les Puits du palais des Doges. En ce début de l'hiver 1577, il est, comme à son habitude, assis près de la fenêtre de sa demeure, tandis qu'un feu crépite à ses côtés dans la cheminée. Son corps, usé par des années de réclusion, est amaigri. Son teint est pâle et ses gestes eux-mêmes ont perdu de leur vigueur. Comme au sortir d'un long cauchemar, il semble absorbé par des pensées qui cheminent lentement dans son esprit.

Mais s'il reste ainsi immobile ce jour-là, c'est qu'en face de lui, son vieil ami Jacopo a entrepris de peindre son portrait. Ayant dressé un chevalet, le peintre s'applique à restituer l'image de son ami telle qu'elle se présente à ses yeux. Vêtu d'un long manteau noir bordé de fourrure grise, le poète, qui garde les yeux clos, tient dans chacune de ses mains un livre. Jacopo tente ainsi de donner à voir un monde invisible et secret, un monde que nul peintre n'a sans doute jamais réussi à exprimer : celui des propres pensées d'un homme qui regarde en lui-même. Sur la droite du poète, il peint le cadre de la fenêtre. À l'extérieur, une lumière ocre indique le couchant sur lequel vient peser toute la menace d'un ciel noir chargé de pluie.

Luigi, alors qu'il entend son ami interrompre son travail un instant, l'interroge :

– Jacopo, approche-toi de cette fenêtre et dis-moi s'il te plaît ce que tu lis sur le visage des passants ?

– Je lis de l'accablement ; je lis aussi le malheur de ceux qui ont perdu une femme, un mari ou des enfants dans cette terrible épidémie.

– N'y vois-tu pas aussi autre chose Jacopo ?

– Que devrais-je voir d'autre sur ces visages ?

– Peut-être qu'en observant avec attention le regard de ces mêmes passants, apercevras-tu une autre souffrance, causée par une perte plus grande encore.

– Que veux-tu dire Luigi ? s'étonne Jacopo.

– Si mes yeux ne voient pas, mon cœur ressent bien des choses, et je devine, dans le regard des hommes et des femmes qui passent derrière cette fenêtre, qu'en plus de leurs proches, ils pleurent la mort prochaine de celle que l'on nommait il y a peu de temps encore la Sérénissime. Vois dans quel piteux état est notre cité. Où est passée sa grandeur, sa fierté, son destin ? Qu'est devenue son ambition ? Quelles sont ses prochaines conquêtes ? De qui est-elle encore redoutée ? Nous sommes déjà vieux toi et moi, et bientôt nous quitterons ce monde, mais Venise est bien vieille elle aussi. Elle est épuisée et cette terrible épidémie l'a affaiblie davantage encore. Peut-être, Jacopo, ne verrons-nous pas sa chute de notre vivant, mais la République touche assurément à sa fin. Seul Titien donnait encore l'illusion d'une société sûre d'elle-même et de son avenir, mais maintenant qu'il est mort lui aussi de cette maudite peste, tu restes le plus grand des peintres et tes œuvres, à la façon dont tu m'en parles, n'évoquent que l'inquiétude et la douleur.

Après que Luigi s'est tu, Jacopo garde le silence un long moment, se répétant intérieurement les derniers mots de son ami. Puis, alors que la lumière du jour décline peu à peu, le peintre abandonne ses pinceaux, et, s'apprêtant à prendre congé du poète, il s'adresse une dernière fois à lui :

– Bien que le destin t'ait imposé de garder les yeux clos, toi seul, mieux que nul autre, sais voir la vraie Venise.

De : Alessandro Baldi
À : W.Jeffers@st-able.usa
Objet : L'objet de vos recherches ?

Cher professeur,

Veuillez me pardonner, une fois de plus, pour les efforts que je vous ai incités à fournir. Vos messages sont habituellement si pleins de vitalité que j'en ai bien souvent oublié votre grand âge. Jamais je ne saurai assez vous remercier pour tout ce que vous avez déjà fait et soyez certain que je ne vous demanderai plus d'effectuer de nouvelles recherches. Après tout, les bibliothèques vénitiennes sont suffisamment riches pour que je parvienne à me débrouiller tout seul cette fois-ci. Vous m'avez déjà donné le goût de l'art pictural et des recherches historiques, il ne me manque donc plus qu'un peu de travail et de la méthode pour parvenir à mes fins sans l'aide de personne. Je ne suis certes pas devenu un grand historien, mais je ne perds pas cependant espoir de percer à jour le document que j'ai entrevu à la Scuola di San Rocco.

Une dernière chose encore. Auriez-vous l'obligeance de m'écrire, en quelques mots à peine, quel était l'objet des recherches que vous avez dû interrompre en raison de votre état de santé et qui concernaient le mystérieux trésor des croisés ?

Je vous remercie par avance de votre réponse et vous souhaite un repos bien mérité.

A.B.

De : William Jeffers
À : A.Baldi@questura-veneto.it
Objet : Icône de sainte Sophie

Cher inspecteur,

Les nouvelles me concernant sont bien mauvaises. Ma tension artérielle galopante me contraint de garder le lit et a considérablement diminué mes forces physiques ainsi que mes ressources intellectuelles. Cependant, pour répondre à votre dernière question, j'ai de bonnes raisons de penser que le mystérieux document de San Rocco pourrait bien faire référence à l'icône de sainte Sophie, un relief sur feuille d'or repoussée, autrefois vénérée par les empereurs byzantins et ramenée à Venise par la quatrième croisade. Je pense, pour ma part, qu'il s'agit là de ce trésor si précieux dont vous essayez de percer le secret.

En espérant vous avoir été utile,

Cordialement,

W.J.

19

– J’aurai quatre-vingt mille hommes et vingt navires de guerre. *Io non voglio più Inquisitori, non voglio più Senato ; sarò un Attila per lo Stato veneto**.

Ainsi s’exprime, en ce jour de printemps 1797, le jeune général Bonaparte, qui vient de prendre une à une les villes de la Terre Ferme et qui se trouve maintenant aux portes de la Cité des Doges. Il a prononcé ces mots calmement, mais avec une détermination sans faille. En face de lui, debout, se tiennent deux émissaires dépêchés à la hâte par la République de Venise. Leurs habits, taillés dans les plus riches étoffes et brodés à l’or fin, témoignent de leur rang élevé. La perruque blanche qu’ils portent tous deux et leurs manières raffinées contrastent avec le cheveu long et noir du jeune général français en campagne, pour qui Venise n’est qu’une étape de plus dans son périple conquérant.

Les émissaires dissimulent difficilement leur peur. Ils savent que les forces militaires de leur cité, qui autrefois faisaient trembler les grands de ce monde, ne sont plus aujourd’hui que l’ombre d’elles-mêmes. Il leur faut donc sauver ce qui peut encore l’être, et les deux hommes tentent de négocier, avant même de combattre, une reddition hono-

* « Je ne veux plus d’Inquisiteurs, je ne veux plus de Sénat ; je serai un Attila pour l’État vénitien. »

rable. Mais les mots de Bonaparte, qui sonnent comme autant de coups de canon, ne cessent de résonner dans leur tête. Comme un écho qui se répéterait en s'amplifiant, ils n'entendent plus que ce *Io non voglio più... Io non voglio più...* Au fond d'eux-mêmes, et sans avoir à se concerter, ils savent déjà que c'en est fini de la glorieuse République. *Io non voglio più... Io non voglio più...* « La voix des canons a toujours été la plus forte. »

Il ne leur reste plus qu'à rentrer et informer le doge de la terrible menace qui pèse désormais sur les murs de la cité.

La salle du Grand Conseil est en ébullition. Le général français a dit: *Io non voglio più*, et la peur se lit à présent sur tous les visages. Le doge lui-même ne parle que de se rendre à l'ennemi. Pourtant, quelques voix s'élèvent encore pour en appeler aux armes, à la résistance, à l'honneur, à la mort plutôt qu'à une pitoyable capitulation. Elles mettent en avant la révolte populaire qui depuis quelques jours a mis à mal les incursions sporadiques de soldats français. On parle aussi du courage de ce commandant de la marine de guerre vénitienne qui n'a pas hésité à pointer ses canons contre un navire français pour l'empêcher de forcer l'entrée du port. Mais tout cela semble vain. La crainte est la plus forte. Dans la confusion générale, le Grand Conseil vote fiévreusement, comme pris dans un vent de panique, la fin de son propre règne, qui, durant plusieurs siècles, a tenu tête aux plus grands monarques de ce monde.

Les troupes françaises sont maintenant dans la ville. Leurs navires de guerre ont facilement pris possession du port et débarquent des flots entiers d'hommes en armes et des cavaliers. Jamais Venise n'a ainsi résonné du claquement sec que font les sabots des chevaux sur ses pavés. Les Vénitiens qui osent encore s'aventurer hors de chez eux doivent rapidement battre en retraite devant les cavaliers qui surgissent à tous les coins de rue. Les plus riches palais, à l'intérieur desquels les patriciens ont vainement tenté un temps de se barricader, sont le théâtre de scènes de pillages telles que la cité n'en a jamais connues dans son histoire.

Au rez-de-chaussée, ce sont tout d'abord les entrepôts qui sont mis à sac et vidés de leurs contenus. Les assaillants, faisant la chaîne, emportent un à un les sacs de blé et d'épices et les tonneaux de vin, puis chargent lourdement des barques qui vont approvisionner leurs navires de guerre. Lorsqu'ils en ont fini avec les entrepôts, les soldats se ruent vers les étages nobles et s'emparent de toutes leurs richesses : monnaies, bijoux, pièces d'argenterie, objets d'art, avant de monter vers le dernier étage abritant les cuisines pour satisfaire leur appétit. Les plus chanceux des citoyens sont ceux qui ont pris la fuite, abandonnant la totalité de leurs biens et laissant à l'armée française tout le loisir de vider leurs échoppes, de dormir dans leurs lits et de boire leur vin. Ceux qui ont préféré rester sont pris à partie par les soldats ; s'ils tentent de leur résister, ils sont vite bousculés, roués de coups et jetés dans les canaux. En quelques heures les soldats sont partout. Pas une seule demeure, ni église ni échoppe abritant un butin si maigre soit-il, n'ont pu échapper au pillage. Sur le Grand Canal, des barques de marchands, chargées de meubles ou de denrées que les soldats ont négligés, sont incendiées et glissent sur les eaux, tels des bûchers flottants, avant de sombrer.

Sur le port, les hommes ont pris possession du dernier *Bucintoro*; ce navire, qui résumait à lui seul le triomphe de Venise sur la Méditerranée, est désormais aux mains de l'ennemi qui s'empare de ses richesses, arrachant les décorations en or massif et jetant par-dessus bord le rebut de son pillage, avant d'éventrer la coque à grands coups de hache et d'envoyer par le fond ce glorieux vestige du passé.

Le jeune général Bonaparte n'est pas en reste. Cependant, il ne frappe pas au hasard des canaux et des palais. C'est donc à dessein qu'il se dirige vers la place Saint-Marc dont il fait lentement le tour avant de conduire son cheval au pied de la basilique.

Dissimulés sous les arcades de la grande place, trois hommes regardent le jeune général français donner ses ordres. Ils sont richement vêtus. Ce sont des patriciens, assurément. Leurs visages trahissent une sourde colère. Tous trois demeurent immobiles, les poings serrés sous leur cape noire. La haine, qu'ils contiennent à grand-peine, est tout autant dirigée vers l'ennemi qui s'empare de leur ville que vers les hauts dignitaires qui ont livré la glorieuse République de Venise sans même livrer combat. En voyant Bonaparte mettre pied à terre et pénétrer au cœur de la basilique, entouré de ses hommes, l'un d'eux murmure tout bas :

– Dans quelques instants, tout sera fini, et la majeure partie du trésor des croisés va bientôt quitter Venise.

Mais voilà que le général français, à peine ressorti de la basilique et suivi par ses hommes portant des tableaux et des coffres, lève maintenant les yeux vers le toit de l'édifice et crie de nouveaux ordres. Les trois hommes voient s'approcher de l'église des attelages lourdement chargés de planches de bois. Bien avant que des instructions ne soient données, et que des outils ne passent de main en main, les trois hommes ont deviné les intentions de Bonaparte.

– Le général français ne nous laissera rien, dit alors l'un d'eux même les quatre chevaux de bronze, symbole de la liberté vénitienne, vont nous être enlevés.

Quelques heures plus tard, en effet, un échafaudage est élevé devant la basilique Saint-Marc, une potence est fixée au-dessus du quadrige, puis, un à un, les chevaux, solidement harnachés, sont déposés au sol. Les planches de l'échafaudage, ensuite démontées, sont réutilisées pour la fabrication de quatre solides charrettes, que tirent quatre chevaux, en chair et en os ceux-là, qui emportent à grand-peine, hors des murs de la cité, leurs glorieux ancêtres de bronze, ramenés autrefois de Constantinople.

– Réunissons-nous dès ce soir car nous devons prendre des dispositions avant qu'il ne soit trop tard, dit l'un des trois hommes en regardant s'éloigner les lourds chevaux de bronze vers les navires de guerre français.

– Oui, dès ce soir, s'entend-il répondre, car aujourd'hui plus que jamais dans toute son histoire, Venise a besoin de l'ordre des Missionnaires du lion pour veiller sur le dernier et le plus précieux de ses trésors.

De : Alessandro Baldi
À : W.Jeffers@st-able.usa
Objet : L'identité de l'assassin

Cher professeur,

Je ne saurais vous remercier assez pour les informations que vous m'avez fournies. Car si mes recherches sur le mystérieux trésor des croisés ne m'ont pas encore conduit à la vérité, sachez cependant qu'elles m'ont enfin permis de découvrir l'identité de l'assassin d'Edith Deville. Je ne peux toutefois vous en dire plus pour l'instant, car il me reste encore un dernier point à vérifier.

Si vous désirez être le premier informé (et c'est bien le moins que je puisse faire pour vous), soyez demain à quinze heures précises – heure de New York – devant votre écran d'ordinateur : je vous révélerai le nom de l'assassin, et cela, au moment même de son arrestation.

A demain,

A.B.

De : William Jeffers
À : A.Baldi@questura-veneto.it
Objet : Rendez-vous de demain

Cher inspecteur,

Je suis heureux de constater que votre enquête est sur le point d'aboutir. Je regrette toutefois que vous n'ayez réussi à identifier le fameux trésor des croisés. Sans doute était-ce impossible, d'après le peu d'informations que vous avez réussi à recueillir en radiographiant la première fois le « Saint Roch en gloire » du Tintoret. Mais soyez certain que je ne saurais manquer pour rien au monde le dénouement de toute cette histoire. J'attends donc impatiemment votre message demain à quinze heures précises.

A demain,

W.J.

20

L'armée française a mis tout le jour Venise à feu et à sang. Aux premières heures de la nuit, alors que la cité résonne encore des beuveries et de la liesse de la soldatesque ennemie, des hommes se rendent un par un à la Scuola di San Rocco. Prenant soin de ne pas attirer l'attention des militaires français, ils pénètrent dans le palais et traversent, sans même allumer de chandelles, la Sala Grande Superiore. Tous se rendent directement dans la Sala dell'Albergo et, une fois sur place, lèvent les yeux un instant vers le *Saint Roch en gloire* de l'ovale du plafond, comme pour s'assurer de sa présence.

Les hommes sont tous là à présent, seulement éclairés par la faible lueur de la lune qui traverse les fenêtres géminées. L'un d'entre eux prend la parole :

– Cette nuit, au moment même où le rideau vient de tomber sur la République de Venise, l'heure est venue pour nous de faire le bilan de notre activité. Avons-nous été fidèles à l'esprit et à la règle de l'ordre des Missionnaires du lion, tels que l'ont voulu et dicté ses glorieux fondateurs de retour de la quatrième croisade ? Si nous sommes réunis ce soir, durant les heures les plus tragiques que vit notre cité, c'est pour répondre à cette question et envisager l'avenir et la pérennité de l'Ordre.

– Comment peut-on encore se demander si nous avons

échoué ou non dans la mission qui était la nôtre ? s'étonne alors un homme dont la voix trahit un profond dépit. Oui, comment, à l'heure où une armée étrangère met à sac nos plus grandes richesses, pouvons-nous douter de notre échec ? L'ordre des Missionnaires du lion a été fondé, en 1203, par un noyau d'hommes dont la piété et l'ardeur au combat ont permis à Venise de devenir la cité la plus riche et la plus puissante du monde. Le seul désir de ces hommes était de défendre le trésor qu'ils avaient ramené de Constantinople, tout en préservant leur cité de l'impiété et de l'affaiblissement politique. Voilà la mission dont nous avons hérité. Pour ce qui est de la piété, regardez ce qu'elle est devenue : durant tout le siècle qui s'achève bientôt, les aristocrates vénitiens n'ont eu de cesse de dilapider leur fortune pour faire de notre ville la capitale européenne du jeu et des plaisirs. Regardez autour de vous, l'art sacré est devenu un art sensuel, tandis que les saintes processions ont cédé la place au carnaval et à la débauche. Et pour ce qui est de nos forces militaires et politiques, elles sont tout simplement inexistantes.

– Non, au contraire, nous n'avons pas échoué ! répond quelqu'un. Certes, ce jour est pour nous tous un jour de deuil. Mais si la République s'effondre aujourd'hui, l'ordre des Missionnaires du lion est quant à lui toujours vivant. Si une puissance étrangère emporte, en ce moment même, la plus grande part du butin de la quatrième croisade, rappelez-vous que les fondateurs de l'Ordre, qui pressentaient déjà la faiblesse de la République dirigée par les doges, ont su conserver le plus précieux de leurs trésors : les trois clous de la Croix, qui sont toujours en notre possession. En cela, nous avons été fidèles à notre mission. En préservant jalousement notre secret, nous avons su protéger notre plus grande richesse. Voilà pourquoi nous n'avons aucunement failli dans la tâche qui était la nôtre.

– Il a raison, dit une nouvelle voix, sans désigner le dernier interlocuteur par son nom, respectant ainsi le secret de l'anonymat qui exige que nul nom ne soit mentionné, ni nulle trace écrite conservée. Notre principale mission a toujours été de veiller sur les clous de la Croix, dont seule notre charte révèle l'emplacement. Et nous continuerons à veiller sur notre bien, aussi longtemps que durera l'ordre des Missionnaires du lion. Bien sûr, nous ne pouvons plus compter sur notre force militaire, alors le seul moyen de protéger ce trésor est d'en préserver, aujourd'hui plus que jamais, le secret. Tant que nos ennemis ignoreront l'existence de ce précieux bien, ils ne pourront s'en emparer. Voilà désormais notre seule mission. Quiconque viendra à en connaître l'existence devra donc périr, comme ont péri depuis toujours ceux qui ont voulu s'en approcher.

Après cette dernière intervention, le silence tombe à nouveau sur la Sala dell'Albergo. Un bref chuchotement interrogateur parcourt l'assemblée des hommes, puis, quelques instants plus tard, le silence retrouve ses droits et tous semblent d'accord. Alors, les uns après les autres, les hommes rassemblés ce soir-là prononcent solennellement la même phrase avant de se séparer :

– Je jure devant Dieu de rester fidèle à l'ordre des Missionnaires du lion et de préserver à jamais le secret sur le plus sacré des trésors des croisés.

De : Alessandro Baldi
À : W.Jeffers@st-able.usa
Objet : Arrestation du coupable

Cher professeur,

Avant de vous révéler le nom du coupable, je dois tout d'abord vous faire une confidence. Lorsque j'ai commencé à enquêter sur le meurtre d'Edith Deville, survenu en novembre dernier, je suis très rapidement remonté, comme vous le savez, aux disparitions étrangement similaires des professeurs Darmington en 1934 et Zampiero en 1962.

Ma première idée fut donc d'imaginer que ces meurtres analogues devaient être attribués à un seul et même meurtrier. Et la seule personne, encore vivante de nos jours et exerçant le même métier que les victimes, dont on retrouve la trace à Venise en 1934 et en 1962, c'était vous : le grand professeur Jeffers. La véritable raison qui m'a conduit à vous contacter était donc la suivante : vous étiez mon premier suspect.

Cependant, j'ai très vite vu que je faisais fausse route. Votre âge avancé, votre état de santé et votre paraplégie concouraient à faire de vous un coupable bien improbable. De plus, les images vidéo d'un l'homme d'une quarantaine d'années qui se trouvait en compagnie d'Edith Deville quelques instants avant sa mort vous ont définitivement disculpé à mes yeux. Par la suite, vous vous êtes révélé d'une aide inestimable. Sans vous, je ne serais jamais remonté jusqu'au Tintoret, à la Scuola di San Rocco, à l'ordre des Missionnaires du lion et enfin jusqu'à l'assassin.

Toutefois, alors que j'avais définitivement écarté toute implication de votre part dans ces mystérieuses disparitions et que je n'avais qu'à me louer de vos connaissances et de l'aide que vous m'apportiez, la question suivante est tout à coup venue me hanter : comment un érudit comme vous, l'un des plus grands historiens du monde, pouvait-il ignorer en quoi consistait le plus précieux des trésors des croisés de 1203 ?

En me plongeant personnellement quelques jours à peine dans les chroniques du XIIIe siècle d'auteurs français, byzantins et vénitiens qui relatent la prise de Constantinople par la quatrième croisade, j'ai régulièrement trouvé mention des clous de la Croix du Christ qui auraient été emportés par les Vénitiens et ramenés solennellement au sein de la Sérénissime. Depuis lors, l'Histoire a perdu la trace de cette précieuse pièce de butin mais il est raisonnable de penser qu'une cité aussi riche et aussi pieuse que l'était la Sérénissime au XIIIe siècle n'aurait jamais consenti à se séparer d'un tel trésor.

Or, comment, si j'avais rapidement retrouvé la trace de l'existence, à Constantinople puis à Venise, des clous de la Croix du Christ, le grand professeur Jeffers pouvait-il ignorer ce fait ? Après avoir éliminé l'hypothèse de votre fatigue ou de votre maladie qui vous auraient soudain ôté tout souvenir et tout discernement, je me suis résolu à n'envisager qu'une seule solution : si le professeur Jeffers ne répondait pas correctement à ma question, c'est tout simplement qu'il n'y avait plus, depuis peu, de professeur Jeffers.

Quelques coups de fil passés à la police new-yorkaise m'ont alors apporté la confirmation de ce que je craignais : William Jeffers est mort, il y a quinze jours à peine, dans son appartement, d'une insuffisance respiratoire.

Et vous, oui, vous-même qui êtes en train de lire ce message électronique et qui avez pris sa place devant son ordinateur en répondant à mes trois derniers e-mails, vous l'avez assassiné. Le professeur était bien âgé et cela n'a pas dû être difficile de l'étouffer, pas plus qu'il n'a été difficile pour vous de précipiter la jeune Edith Deville par la fenêtre d'un palais proche du Fondaco dei Tedeschi. Ensuite, une fois William Jeffers mort, vous avez tenté de m'orienter sur une fausse piste, en vous faisant passer pour lui et en évoquant l'icône de sainte Sophie dont tous les historiens s'accordent pourtant à dire qu'elle a disparu dans l'incendie de l'église Santa Maria.

Il ne me restait donc qu'à vous identifier. Ce fut sans doute la déduction la plus aisée qu'il m'ait été donné de faire. Car seules trois personnes étaient au courant de ma découverte faite après l'examen du « Saint Roch en gloire » de la Sala dell'Albergo : le professeur Jeffers, la conservatrice de la Scuola, qui pouvait très bien m'avoir surpris, et le gardien du musée à qui j'avais demandé d'être seul. Si j'élimine le professeur Jeffers, disparu, puis la conservatrice dont j'ai personnellement constaté la présence à son bureau il y a quelques heures encore, il ne peut donc s'agir que de vous : le gardien de la Scuola di San Rocco.

Vous, qui vous trouvez donc actuellement à New York et qui, lorsque vous quittez votre uniforme de surveillant du musée, devenez, dans vos vêtements civils, le bras vengeur de l'ordre des Missionnaires du lion. En cela, vous agissez en tous points comme les anciens gardiens de cette Scuola, qui, durant des siècles, furent idéalement placés pour surveiller la charte de l'Ordre, alors cachée sous les couleurs du saint Roch du Tintoret. Vous étiez donc le premier et sans doute le seul informé qu'Edith Deville avait radiographié ce tableau, et c'est pour cela que vous l'avez fait taire à jamais. Tout comme les anciens gardiens, aujourd'hui disparus, avaient éliminé, en leurs temps, les professeurs Darmington et Zampiero après qu'ils eurent découvert le secret que cachait la toile de la Sala dell'Albergo.

Cette affaire me laisse toutefois bien des regrets. Tout d'abord celui de n'avoir pas pu sauver William Jeffers d'une mort dont je me sens personnellement responsable ; ensuite, celui de ne pouvoir vous arrêter personnellement pour le meurtre d'Edith Deville, car vous trouvant à présent sur le sol des États-Unis, vous serez jugé et condamné pour celui du professeur Jeffers – citoyen américain –, puisque j'ai transmis la totalité de mon dossier à mes confrères new-yorkais. Et c'est avec ces mêmes inspecteurs américains que je communique actuellement par téléphone cellulaire tout en tapant ce message.

À cet instant précis, ils viennent de pénétrer dans l'appartement du professeur Jeffers et me confirment à présent qu'ils pointent dans votre dos le canon de leurs armes. Voilà, pour vous, l'histoire s'arrête là, et je laisse à mes collègues américains le soin de vous lire vos droits.

S'il vous reste le temps de déchiffrer ces dernières lignes, sachez que je ne doute pas une seconde qu'en ce moment même, quelque part dans Venise, l'ordre des Missionnaires du lion désigne, pour vous remplacer, un nouveau serviteur qui veillera à son tour, en faisant couler le sang s'il le faut, sur le secret qui entoure son trésor historique. Je sais donc que mes jours seront à jamais en danger. Pour me préserver, je devrai me méfier de tout le monde.

Car comment imaginer que vous ayez pu remonter jusqu'au professeur Jeffers, dont seul mon ordinateur gardait une trace, sans bénéficier de complicités au sein même de la police de Venise ? Je suis conscient que les membres de l'Ordre sont partout autour de moi. Peut-être même qu'à l'heure où je tape ces mots ils ssss;;;;;;//////// Message d'erreur de type 78MVV Line00055 **connexion interrompue**

CET OUVRAGE A ÉTÉ ACHEVÉ D'IMPRIMER
SUR ROTO-PAGE
PAR L'IMPRIMERIE FLOCH À MAYENNE
EN OCTOBRE 2003

N° d'édition : 275. N° d'impression : 58203.
Dépôt légal : octobre 2003.
(Imprimé en France)